Rencontres essentielles

Texts and Translations

Chair:
English Showalter, Jr.

Series editors:

Jane K. Brown	Rachel May
Edward M. Gunn	Margaret F. Rosenthal
Carol S. Maier	Kathleen Ross

The Texts and Translations series was founded in 1991 to provide students and teachers with important texts not readily available or not available at an affordable price and in high-quality translations. The books in the series are intended for students in upper-level undergraduate and graduate courses in national literatures in languages other than English, comparative literature, ethnic studies, area studies, translation studies, women's studies, and gender studies. The Texts and Translations series is overseen by an editorial board composed of specialists in several national literatures and in translation studies.

For a complete listing of titles, see the last page of this book.

THERESE KUOH-MOUKOURY

Rencontres essentielles

Introduction by
Cheryl Toman

The Modern Language Association of America
New York   2002

©2002 by The Modern Language Association of America
All rights reserved. Printed in the United States of America

For information about obtaining permission to reprint material from
MLA book publications, send your request by mail (see address below),
e-mail (permissions@mla.org), or fax (646 458-0030).

Library of Congress Cataloging-in-Publication Data

Kuoh-Moukoury, Thérèse.
Rencontres essentielles / Thérèse Kuoh-Moukoury ;
introduction by Cheryl Toman.
p. cm. — (Texts and translations series. Texts ; 10)
ISBN 0-87352-793-3 (pbk.)
I. Title. II. Texts and translations series
(Modern Language Association of America). Texts ; 10.

PQ3989.2.K83 R46 2002
843.914—dc21   2001059603

ISSN 1079-252X

Cover illustration: *The Muse 3* (1995), by Garth Erasmus. Acrylic on paper.
National Museum of African Art, Smithsonian Institute.
Photograph by Franko Khoury

Printed on recycled paper

Published by The Modern Language Association of America
26 Broadway, New York, New York 10004-1789
www.mla.org

For Evelyne, Farida, and Jura

TABLE OF CONTENTS

INTRODUCTION

"It was a starting point—the initial work that would inspire other women to write." During a December 1998 interview, this is how Thérèse Kuoh-Moukoury described her 1969 novel *Rencontres essentielles* and her contribution to African feminist literature.[1] Indeed, the novel has clearly influenced all Cameroonian feminist writers who have succeeded Kuoh-Moukoury. There are obvious connections between *Rencontres essentielles* and Lydie Dooh-Bunya's *La brise du jour* (1977), Delphine Zanga Tsogo's *Vies de femmes* (1983), Calixthe Beyala's *C'est le soleil qui m'a brûlée* (1987), Werewere Liking's *L'amour-cent-vies* (1988), Philomène Bassek's *La tache de sang* (1990), and Evelyne Mpoudi Ngollé's *Sous la cendre le feu* (1990). Like Kuoh-Moukoury, all these women have expounded on the idea of the empowerment of women in African tradition in an innovative or even controversial way. Kuoh-Moukoury's Flo is a precursor for characters like Zinnia in *La brise du jour*, who deals with love lost, and the self-effacing, good-natured Miss Dang in *Vies de femmes*, who desperately devises strategies as a defense mechanism against the overwhelming problems in her life. Other writers like Bassek and Beyala follow Kuoh-Moukoury's example of uncovering an underlying matriarchal social structure that can serve to empower women in contemporary society. The sisterhood of Flo and Doris in Kuoh-Moukoury's novel can be compared with that of Patricia and Modi in *La tache de sang* and of Irene and Ateba in *C'est le soleil*. All three examples emphasize the importance of female solidarity as espoused in African matriarchy. While one can only wonder if Kuoh-Moukoury intentionally hints at homoeroticism between Flo and Doris, Beyala transgresses such sexual taboos in *C'est le soleil*. In *L'amour-cent-vies*, Liking is clearly influenced by Kuoh-Moukoury in her use of culture-specific references, which in turn have meaning in contemporary society. Mpoudi Ngollé's protagonist is also torn between tradition and modernity as her husband's sexual escapades drive her into episodes of severe depression reminiscent of those of Flo. Spanning three decades, these writings develop Kuoh-Moukoury's idea of the Cameroonian woman in transition and her definition of African feminism, which is distinct from, yet complementary to, feminism of the Western world.

However, the importance of this novel reaches far beyond Cameroon's borders. First published in 1969 but written a decade earlier, *Rencontres essentielles* is the first novel by a woman of sub-Saharan francophone Africa. It is therefore a starting point for anyone who seeks to know African francophone feminist literature. Furthermore, that the novel was originally written in French places it in a long-standing tradition of *intimiste* French and francophone women's writing that began in the seventeenth century with Mme de Lafayette's *La Princesse de Clèves*. Such works look at interpersonal relationships and emotions and raise both philosophical and ethical questions about society from a feminine perspective. In this tradition, *Rencontres essentielles* deserves recognition along with other works such as Claire de Duras's *Ourika*, Simone de Beauvoir's *La femme rompue*, Marguerite Duras's *La douleur*, Mariama Bâ's *Une si longue lettre*, Evelyne Accad's *L'excisée*, Ken Bugul's *Le baobab fou*, and Beyala's *Tu t'appelleras Tanga*.

It is not surprising that Kuoh-Moukoury would spark the feminist tradition in literature in Cameroon and in francophone Africa. Born in 1938, she descends from a line of strong women whose goal was to help the African woman discover herself. Her grandmother established the first boarding school for girls in Cameroon, and her mother organized regular meetings and discussion groups for young women, providing them a forum for debating social issues. Kuoh-Moukoury herself is one of eight children (four boys and four girls)—all fortunate enough to have had the same means and encouragement to pursue formal education. She studied in Cameroon until the age of twelve and then continued her studies in Paris, where her father often traveled for his position as a political administrator. Influenced by her family's dedication to social justice, Kuoh-Moukoury studied law and developed a specialty in children's rights. Although *Rencontres essentielles* is not overtly political, Kuoh-Moukoury often pursued political goals as a journalist and activist. Her numerous articles in newspapers, magazines, and various other media attest to the fact that she often speaks for the marginalized. Her 1973 sociological essay *Les couples dominos* was the first of its kind on the dynamics of interracial couples.

Kuoh-Moukoury served the cause of African women not only in her writing but also as president of the Union des Femmes Africaines et Malgaches. Recently retired from her career in law, she currently divides her time between France and Cameroon. She is awaiting the publication of a second novel, which is based on the life of the political martyr Alexandre Douala Manga Bell (she refers briefly to his father, Rudolf, in *Rencontres essentielles*).

In addition to Kuoh-Moukoury's personal history, there are cultural factors that have contributed to her success as a writer. Certain ethnic groups in Cameroon have a long matriarchal tradition. Even after the infiltration of German, French, and British colonial influences, matriarchal and patriarchal social structures still coexist in villages among many of the over two hundred ethnic groups in Cameroon. Matriarchal social structure, unlike its patriarchal alternative, has traditionally accorded status to the African woman. *Matriarchy* is a term commonly misunderstood as the antithesis of *patriarchy* or as a mythological amazonism. It is neither. In the traditional African sense, matriarchy denotes a social structure based on reciprocity of the sexes and an interdependent system whereby men assume authoritative roles that are assigned to them by women. Once their roles are established, men and women are held to their responsibilities through the aid of an intricate system of checks and balances. This system allows for action to be taken to rectify an abuse of power that might ultimately have detrimental effects on the welfare of the entire group.

Matriarchal social organization was common in agricultural societies among polygamous groups.[2] As Cameroon modernizes, however, matriarchal tradition must be adapted to contemporary urban societies that are economically more complex and, furthermore, increasingly monogamous. Kuoh-Moukoury describes the assimilation of the pertinent elements of traditional matriarchy into a contemporary context as "matriarcat nouveau." Reading *Rencontres essentielles*, one notes that matriarcat nouveau maintains the idea of interdependence and solidarity from the original tradition yet calls for women to look beyond their traditional role in an attempt to regain some of the power they have lost in the transition from rural to more urban lifestyles.

Another important tenet of matriarcat nouveau is that men are to be included in such a plan. The concept of woman as the complement to man in traditional matriarchy is still espoused in matriarcat nouveau. Since matriarcat nouveau acknowledges an increasingly monogamous society, there is a focus on the couple that is not found in traditional matriarchy. This idea is strongly emphasized in the novel, which appropriately begins with the words, "Rien n'est plus beau qu'un couple."

Because of the emphasis on community embraced in traditional matriarchy, men and women alike could not have afforded attention to the spouse at the expense of other group members for whom they were also responsible. However, the harmonious dualism expected in traditional matriarchal society is no less desirable in matriarcat nouveau; in fact, this dualism is a way to combat the potentially oppressive nature of marriage often experienced in patriarchal social structure. As Kuoh-Moukoury has stated:

Under traditional matriarchy, women were often leaders in areas that men knew not to be their domain. However, the disadvantage of this society was that man and woman could never form a true couple due to the bifurcation of this history. On the other hand, woman always had means to express herself and a way of imposing matriarchy on her society. In contemporary society, woman must come to the realization that she can no longer attain these advantages in the same manner, for matriarchy cannot function as before. However, "matriarcat nouveau" reminds man that a woman's heart exists and not only her arms for work.   (interview, 28 June 1994)

Rencontres essentielles highlights African matriarchy in transition. The novel shows that there can be no absolute return to traditional matriarchy, and it also demonstrates that one cannot always apply matriarchal traditions to patriarchy and hope for successful results. However, many elements of matriarchal tradition do offer an authentic voice to Cameroonian feminist literature, and certain customs and beliefs do provide a realistic prescription for change that is derived from the very roots of African culture.

The central issues in the novel illustrate how matriarchal tradition comes into play. One such issue is Flo's infertility. In Flo's society, dominated by patriarchal values, woman is defined in terms of her role as a mother and by her relationship to man as his wife. Thus one understands the origins of Flo's sentiments when she states that she will cease to be a woman if she loses her husband in addition to being infertile. But she would not feel this way in an African matriarchal social structure. In fact,

Joël's indifference toward his wife's infertility is a credible response if interpreted in reference to matriarchy.

To apply the idea to an actual cultural context, one can consider the issue of infertility from the perspective of the matriarchal Fali of Cameroon—a perspective that is not exclusive to this particular group. The Fali reside in the Garoua region of northwestern Cameroon. Whereas some Fali are mountain peoples, others have descended into villages in the valleys and have integrated among the Peul, another matriarchal culture described in Cheikh Anta Diop's *The Cultural Unity of Black Africa*. Kuoh-Moukoury's references to different ethnic groups in Cameroon are significant since Flo must look for answers within the African context but outside her own modern society, which has evolved through a long dialectic with the West. Among the Fali, infertility can be explained through religious beliefs as the deliberate choice of a Fali god. Therefore, in the Fali culture, an infertile woman is never scorned as a dishonor to her family as she would be in a patriarchal social system (Guilmain-Gauthier 42). Furthermore, since a hierarchy of roles does not exist in the Fali community, Fali women have options other than motherhood that are regarded as equally important. Kuoh-Moukoury encourages matriarchy's acceptance of infertility to be integrated into society in an attempt to alleviate patriarchal oppression. The relationship between man and woman is still based on complementarity in the Fali culture, but, at the same time, men and women both maintain an autonomous existence, allowing the African woman more freedom than her Western counterpart.

A second issue in Kuoh-Moukoury's book that can be understood through African matriarchy is polygamy.

Blinded by the demands her society makes on women, Flo reasons that Joël inevitably will seek a mistress who will give him what Flo cannot provide. Flo decides she must assert some control over the matter before she is excluded entirely. In an attempt to secure her marriage, she takes the rather unorthodox measure of creating a pseudopolygamous situation involving Joël and her best friend, Doris. However impractical Flo's decision may seem, one realizes that she is resorting to matriarchal tradition to solve a problem created by patriarchy. She rationalizes that she is merely following a tradition whereby a woman commonly chose the second spouse for her husband.

Returning once again to the example of the matriarchal Fali, one finds that Flo's plan is not all that improbable. In fact, according to Chantal Guilmain-Gauthier's study, Flo's plan is identical to one custom practiced by Fali women in similar situations. As Guilmain-Gauthier describes:

> La genèse d'un ménage polygame peut tirer son origine soit de l'homme, ce qui est le cas le plus fréquent, soit de la femme, ce qui n'est pas si rare qu'on pourrait le croire [. . .] les maris fali prétendent, avec la plus parfaite mauvaise foi, que la venue d'une autre épouse est le meilleur remède au "vilain vice de l'adultère." [. . .] Cette raison est également celle qui est la plus couramment mise en avant par les femmes et ce sont souvent elles qui cherchent une autre épouse à leur mari. En effet, elles préfèrent le voir tranquille chez lui que perpetuellement en quête d'une aventure. La polygamie, c'est bien souvent la paix des ménages [. . .]. (51)

Guilmain-Gauthier continues by saying that such arrangements among co-wives often result in a "véritable coalition d'amies" (52). Such a coalition is notable, for not only does it stress the importance of solidarity among women in traditional matriarchal societies that are polygamous, but it also helps clarify why one must not view Flo as using Doris merely for her own gain.

Of course, Doris never becomes a co-wife in the legal sense, but her perceived role in Flo's plan is definitely analogous to that of a Fali co-wife. Such a reference to a polygamous matriarchal custom reflects how matriarchy has been forced to adapt to an increasingly monogamous society influenced by patriarchy. It also foreshadows why Flo's plan will ultimately not work.

The cordial relationship common among co-wives in traditional matriarchal societies is diametrically opposed to the way in which co-wives often perceive one another in patriarchal societies. Thus Doris is to be considered not competition for Flo but a friend who is able to assist her. Buchi Emecheta has supported this assertion as well, emphasizing that "African feminism is free of the shackles of Western romantic illusions." She further explains, "The beauty in sisterhood is when women reach the age of about forty. The women who cultivated sisters either through marriage or through the village age-group start reaping their reward" (177).

Of course, it is troubling that Flo does not reveal her plan to Doris, but her silence merely reflects the constant struggle between matriarchal and patriarchal traditions in transition in African society. Flo is attempting to integrate a solution possible in traditional matriarchal society, yet some consider her attempt dysfunctional and scandalous in a patriarchal society. This opposition between matriarchy and patriarchy explains why the friendship between Flo and Doris suffers rather than flourishes. The decline of their friendship foreshadows more conflicts in the novel and indicates that further adjustments to matriarchy need to occur.

There is no mistaking, however, that the solidarity crucial to women in a matriarchal social structure is what Flo is seeking. Curiously, having realized that she has paid for her scheme through the loss of her dearest friend, she states that she is no longer a true woman. Her definition of womanhood has changed from the time when she first initiated her plan. Whereas her relationship with Joël once defined her as a woman, Flo now discovers that it is her sisterhood with other women that gives her the primary strength and support that she needs.

Although Doris and Joël's relationship continues to unfold as Flo has planned, her victory is of little consolation to her as time passes. It becomes apparent that the matriarchal perspective of polygamy can no longer be adapted to a patriarchal society and still engender the same sentiments of solidarity among women. In fact, polygamy seems to have no place in contemporary matriarcat nouveau, since a couple is now considered sacred, and the idea of communal living is all but lost. As Flo states in the novel, "Une vie de partage. Quelle bassesse. Personne n'a le meilleur, l'entier, le total, l'essentiel, mais des morceaux de liberté, des parcelles, les restes si vous voulez."

Although solidarity through polygamy no longer works in contemporary society, Kuoh-Moukoury emphasizes that solidarity must be maintained in matriarcat nouveau. As Flo confronts Doris and accuses her of stealing her husband and betraying their friendship, Doris is quick to put Flo in her place. She reminds Flo that a troubled couple must look to themselves to identify the source of their marital problems, not to the "other woman." Doris's words to Flo imply that a weakened solidarity among women is precisely what keeps the oppressive bonds of patriarchy strong. If Doris and Flo are led to believe they must compete for Joël, Flo will focus on this competition and not on the problems already existing in her marriage, which led Joël to pursue Doris in the first place.

Of course, it is possible to analyze *Rencontres essentielles* outside a matriarchal framework. Although the sincerity of the long-standing friendship between Flo and Doris is not in question, it is disturbing nonetheless that Flo's desire to become a mother, which leads to her acceptance of Doris and Joël's child, can only be realized as a consequence of Doris's death. Perhaps it is no coincidence either that Doris is French and that her death, which rids Flo of her completely, gives Flo hope to thrive. Thus Doris's participation in the pseudopolygamous triangle is as unwanted as France's colonial rule and influence in Africa. Doris's demands in a relationship and her "manière moqueuse et insultante" during her confrontation with Flo may also be representative of the arrogance and disrespect that some Western feminists convey to African women. Viewed in this manner, her death may signal a total rejection of the Western views that are being imposed on African women without sensitivity to their culture.

From a different angle, Doris may be French simply because the novel was written in the framework of *francophonie*, and Kuoh-Moukoury's choice could be an unprecedented attempt to integrate a white woman into an African couple. In fact, Kuoh-Moukoury sees Flo as the beneficiary of a heroic act: "Doris gives the ultimate sacrifice to Flo—her life. Doris dies so that Flo may live" (interview, 18 Apr. 1995). If this interpretation is favored, the friendship endures even after Doris's death because Doris continues to live through the child she has left behind.

Despite initial impressions, there are similarities to note between Flo and Doris. In a sense, each is in a struggle that contradicts personal goals. While Flo is distraught that she cannot fulfill the traditional role of wife and mother, Doris must be disturbed that she has a child and a lover after she has considered both as an obstacle to her freedom. In this regard, that Doris is French conveys a significant message about the universality of women's struggles. The Western woman as superwoman and her commitment to individualism is not more than a perception. Exercising autonomy in either a matriarchal or patriarchal social structure causes conflict for all women regardless of ethnicity. In the early stages of the novel's development, Kuoh-Moukoury considered making Doris African but ultimately wrote the character as French to add yet another "rencontre essentielle" to the story. She emphasizes that one of the positive effects of the global society that we have become is the realization that the events in the novel are human experiences that transcend race (interview, 13 Jan. 2000). Thus what appeared to be a prediction in 1958 has indeed come true as interracial friendships and marriages become increasingly more common. Interestingly, Beyala adopted the same idea in her 1988 novel *Tu t'appelleras Tanga*, which follows the friendship of an African (Tanga) and a European (Anna-Claude). In this case, however, it is Anna-Claude who survives, but she becomes one with Tanga as she takes on her name and persona throughout the course of the novel. This fusion is analogous to the symbolic continuation of the friendship between Doris and Flo after Doris's death since Flo accepts responsibility for raising her child.

Yet another question to explore (which can be applied to Beyala's novel as well) is whether a homoerotic bond exists between Flo and Doris. That is, given the failure of Flo's heterosexual relationship, the introductory statement of the novel ("Rien n'est plus beau qu'un couple") could be considered ironic. This irony was not Kuoh-Moukoury's intention, for the subject was taboo at the time the novel was written. Nevertheless, one could argue that a physical relationship between Flo and Doris was never realized because the internalization of societal values prohibited such intimacy from even being considered. We have already noted how the internalization of these values prevented Flo from accepting a lifestyle outside the traditional role of wife and mother. Kuoh-Moukoury's perspective on the subject is thus:

> Her attachment to Doris and the admiration of her physical beauty may allude to homoeroticism, but nothing in the text confirms this. Flo, like Doris, must be a liberated woman to have come as far as she has. However, Flo's love for Joël eclipses that progressiveness. Flo may consider such a bond

with Doris, but such a relationship could never be
consummated.   (interview, 13 Jan. 2000)

Indeed, perhaps one can identify yet another respect in
which Kuoh-Moukoury may have inspired Cameroonian
writers. While the possibility of a homoerotic encounter
is subtly alluded to in *Rencontres essentielles*, explicit examples in Beyala's early works, *C'est le soleil* and *Tu t'appelleras Tanga*, provoke open debate. Yet critics argue whether
such friendships between women in both novels are homoerotic relationships or symbolic representations of
women's political solidarity. As Juliana Makuchi Nfah-
Abbenyi states in *Gender in African Women's Writing*:

> Women-to-women bonding and networking has
> been specific to African women's existence and
> agency for millennia; so too, has been the comple-
> mentarity of gender roles between African men
> and women. When a woman writer questions the
> repression of homoerotic bonding among women,
> when these writers critique marriage, mother-
> hood, and male use of economic and political
> power to control women's sexuality and lived expe-
> riences, I contend that their texts are, within the
> context of African and postcolonial literature,
> doing within the canon something comparable to
> what radical feminist writings did for the feminist
> movement starting in the 1960's.   (30–31)

Since *Rencontres essentielles* is rich in both culture-specific
and universal themes, one might wonder why this important work is just now being discovered by some Africanists
and non-Africanists after four decades. When Kuoh-

Moukoury was first seeking a publisher for *Rencontres essentielles* in the late fifties, African literature was dominated by men, and Cameroon, in particular, had its share of prolific male writers such as Ferdinand Oyono and Mongo Beti. Even Editions Clé, a publisher in Cameroon since 1963, underestimated the potential of Kuoh-Moukoury's work and rejected the manuscript. It was not until 1969 that Adamawa published *Rencontres essentielles* in France. With no overtly political message and no other African feminist writers yet in print to support her efforts, Kuoh-Moukoury realized she would have to wait for acceptance. Western and non-Western critics alike trivialized the work at first; a novel calling for the redefining of African feminism did not seem to reflect the real issues stemming from colonialism. African critics labeled the novel too Westernized and even "egocentric": most said the formally educated Flo was unlike any African woman they knew. This unawareness of the Cameroonian woman's struggle with independence demonstrates the reason the novel should not have been ignored. Ultimately, such critics felt there was little need to debate women's issues just when newly independent African states were coming into being. For Kuoh-Moukoury, however, discussing women's independence at the time of Cameroon's birth as a nation could not have been more appropriate.

Although *Rencontres essentielles* marked the advent of Cameroonian feminist literature, the novel continues to ignite interest because women like Flo still exist today in Africa and elsewhere. The novel was republished by Adamawa in 1981 and by L'Harmattan in 1995. Kuoh-Moukoury mentions that Flo was once considered a "héroïne de rien du tout" (interview, 13 Jan. 2000). The early critics who dismissed *Rencontres essentielles* could hardly have guessed that the novel's self-effacing protagonist would still have a voice in the twenty-first century, inspiring all Cameroon's feminist literature that has followed. As Cameroonian feminist literature has progressed, one notices that the lack of self-esteem and feelings of powerlessness witnessed in Flo have all but disappeared among the younger generation. However, new problems have surfaced in this next stage of women's transition to contemporary society, and in this respect we are once again reminded of Flo.

The allure of *Rencontres essentielles* lies in the insight it provides into certain African traditions while also transcending differences in culture and gender and addressing universal issues such as relationships, personal struggle, and the emotions associated with them. Any reader, regardless of culture, age, or background, can relate to the novel's powerful message.

Notes

[1] All interviews referred to in this introduction were conducted in person by the translator. This interview occurred on 16 December 1998.

[2] For a detailed study on the organization of matrilineal/matriarchal groups in Africa, see Schneider and Gough 1–29.

SUGGESTIONS FOR FURTHER READING

Accad, Evelyne. *L'excisée*. Paris: L'Harmattan, 1982.

Bâ, Mariama. *Une si longue lettre*. Dakar: Nouvelles Editions Africaines, 1979.

Barbier, Jean-Claude, ed. *Femmes du Cameroun*. Paris: Karthala, 1985.

Bassek, Philomène. *La tache de sang*. Paris: L'Harmattan, 1990.

de Beauvoir, Simone. *La femme rompue*. Paris: Gallimard, 1967.

Beyala, Calixthe. *C'est le soleil qui m'a brûlée*. Paris: Stock, 1987.

———. *Tu t'appelleras Tanga*. Paris: Stock, 1988.

Bjornson, Richard. *The African Quest for Freedom and Identity: Camerooniam Writing and the National Experience*. Bloomington: Indiana UP, 1991.

Boyce Davies, Carole, and Anne Adams Graves, eds. *Ngambika: Studies of Women in African Literature*. Trenton: Africa World, 1986.

Brière, Eloïse. *Le roman camerounais et ses discours*. Ivry: Nouvelles du Sud, 1993.

Bugul, Ken. Le baobab fou. Dakar: Nouvelles Editions Africaines, 1982.

Dehon, Claire. *Le roman camerounais d'expression française*. Birmingham: Summa, 1989.

Diop, Cheikh Anta. *The Cultural Unity of Black Africa: The Domains of Patriarchy and of Matriarchy in Classical Antiquity*. Chicago: Third World, 1978.

Dooh-Bunya, Lydie. *La brise du jour*. Yaoundé: Clé, 1977.

Duras, Claire de. Ourika: *The Original French Text*. Introd. Joan DeJean and Margaret Waller. New York: MLA, 1994.

Duras, Marguerite. *La douleur*. Paris: P.O.L., 1985.

Emecheta, Buchi. "Feminism with a Small 'F'!" Peterson 173–85.

Gaillard, Philippe. *Le Cameroun*. 2 vols. Paris: L'Harmattan, 1989.

Guilmain-Gauthier, Chantal. "Le jeu de la femme." Barbier 35–62.

Liking, Werewere. *L'amour-cent-vies*. Paris: Publisud, 1988.

Milolo, Kembe. *L'image de la femme chez les romancières de l'Afrique noire francophone*. Fribourg: Universitaires, 1986.

Mpoudi Ngollé, Evelyne. *Sous la cendre le feu*. Paris: L'Harmattan, 1990.

Ndachi Tagne, David. *Roman et réalités camerounaises 1960–1985*. Paris: L'Harmattan, 1986.

Ndinda, Joseph. "Ecriture et discours féminin au Cameroun: trois générations de romancières." *Notre Librairie* 118 (1994): 6–12.

Nfah-Abbenyi, Juliana Makuchi. *Gender in African Women's Writing: Identity, Sexuality, and Difference*. Bloomington: Indiana UP, 1997.

Ormerod, Beverley, and Jean-Marie Volet. *Romancières africaines d'expression française*. Paris: L'Harmattan, 1994.

Peterson, Kirsten Holst, ed. *Criticism and Ideology*. Uppsala: Scandinavian Inst. of African Studies, 1988.

Schneider, David M., and Kathleen Gough, eds. *Matrilineal Kinship*. Los Angeles: U of California P, 1962.

Stratton, Florence. *Contemporary African Literature and the Politics of Gender*. New York: Routledge, 1994.

Toman, Cheryl. *The Tradition behind the Tradition: Matriarchy and the Women Writers of Cameroon*. Ann Arbor: UMI, 1996.

———. "Matriarchy and the African Woman in Contemporary Cameroonian Feminist Literature." Forthcoming.

Zanga-Tsogo, Delphine. *Vies de femmes*. Yaoundé: Clé, 1983.

WORKS BY THERESE KUOH-MOUKOURY

"Beauté noire, hymne au désir et à la vie." *Les Femmes*. Paris: Plon, 1967. 168–75.

Rencontres essentielles. 1969, 1981. Paris: L'Harmattan, 1995.

Les couples dominos. 1973. Paris: L'Harmattan, 1983.

"Exotisme et érotisme." *Encyclopédie Galéa*. Paris: Julliard, 1973. 253–67.

"La grande santé africaine." *Encyclopédie Galéa*. Paris: Julliard, 1973. 157–71.

"La journée internationale des femmes à Bamako." *Afrique contemporaine* 78 (1977): 6–10.

Profil d'un homme: Alexandre Douala Manga Bell. Forthcoming.

THERESE KUOH-MOUKOURY

Rencontres essentielles

Aimer, c'est se soucier de l'autre,
autant ou plus que de soi,
de tout faire pour le sauvegarder
de lui-même et du reste du monde.

Rien n'est plus beau qu'un couple . . .

1

La petite villa est blanchie à la hâte pour être louée à un couple français nouvellement arrivé au Cameroun. Ma mère aidée de quelques jeunes filles et de boys nettoie la cour et enlève de la mauvaise herbe aux fleurs plantées par les anciens « occupants » grecs.

Mon père prend particulièrement soin de ses locataires. Il les traite avec une gentillesse et une courtoisie un peu forcées. La moindre de leur volonté est satisfaite. Il accepte ainsi d'enlever tel arbre, de déplacer ce puits, d'interdire le pilage des graines ou les jeux d'enfants.

Oui, je comprends, il faut à tout prix louer cette villa construite avec beaucoup de mal. Il y a tant de bouches à nourrir, tant de corps à soigner, des jeunes à instruire, des vieux à enterrer.

Mes parents, en plus, tiennent à former un vrai couple africain du XXème siècle : ma mère veut une machine à coudre, un fer à repasser, un vélo, des robes de coton, de soie, de satin, des bijoux fins… Mon père a besoin d'un poste radio, d'un vélo, lui aussi, d'un pick-up pour remplacer le vieux phonographe, plus tard d'un réfrigérateur. Au bureau, il se veut impeccable, cuirassé dans un costume kaki, de forte toile de lin, dûment empesé.

Mon enfance n'offre aucune originalité. Elle ressemble à celle des autres enfants de mon âge et de ma condition.

Je n'ai ni le souvenir d'une grande misère, ni la nostalgie d'un luxe extraordinaire. Je garde de cette enfance assez facile, mais quelconque, le souvenir un peu amer des gifles de mon père, toutes les fois que les cris de nos jeux troublent la sieste sacrée de ses locataires. Ainsi s'installent dans notre vie Monsieur et Madame Danielly et leur fille Doris, du même âge que moi. Madame Danielly aime nous voir jouer ensemble. Doris travaille bien à l'école et la ma mère me la cite souvent en exemple.

Je parle français, mais je sais à peine lire et écrire. Je récite avec l'accent de mon père les textes poétiques qu'il a appris lui-même à l'école. Je sais aussi chanter « la France est belle » et « la Marseillaise ». Je suis donc un personnage bien savant lorsque j'entre à l'école. Le maître me fait lire :

« Le coq chante, le jour paraît… »

Je le lis très vite et très aisément car je le connais par cœur. Mais l'instituteur ne le sait pas. Il m'inscrit d'emblé, non à la division des débutantes, mais à la classe supérieure. Malgré cette victoire, ma mère n'est pas heureuse car Doris est au cours moyen, moi au début du cycle primaire. Mon amie est bonne élève. Mes cahiers sont tachés, mon écriture est affreuse.

Je me venge toutes les fois que Madame Danielly me fait chanter « la Marseillaise » car je connais les couplets que sa fille ne connait pas. Je suis fière de savoir cela de plus.

4

Dans la classe, je connais déjà quelques-unes de mes condisciples. Qui sommes-nous ? De petites Camerounaises privilégiées de la ville, bottées contre la pluie, casquées contre le soleil, vêtues — de toute manière — de robes multicolores, sages en classe, très polies et respectueuses envers nos maîtres. Pour nous aussi la vie commence, pleine de promesses. Dans toutes les familles, ce sont les mêmes sermons d'exhortation au courage, à la persévérance dans nos études.

« Allez plus loin que nous. »

« Faites mieux que nous. »

« Faites ce que nous n'avons pas pu faire ! »

De mon pays, je sais très peu de chose. Il ne me reste presque rien des leçons d'histoire et de géographie. Mais dans mon quartier, j'apprends que Douala Manga a été pendu,[1] qu'il existe un Cameroun sous domination britannique. A travers l'air d'une musique, militaire terriblement déformée, j'apprends aussi que « de tous les (enfants) Ewondo, Atan Gana est bien le plus grand. »[2] Sur un air presque identique, on dit que « le Général de

---

[1]Rudolf Douala Manga Bell fut pendu le 8 août 1914 par le gouvernement colonial allemand du Cameroun. Douala Manga était chef d'un mouvement contre un système d'apartheid qui permettait aux Allemands d'usurper les meilleures terres. Les Allemands le considéra comme un ennemi de l'État et il fut exécuté pour trahison.

[2]Atan Gana fut acclamé comme un grand chef politique, son mandat couvrant la période coloniale allemande puis française jusqu'à sa mort en 1943.

Gaulle avait cinq mille soldats. » Je sais aussi que les filles dans la Région du Roi Njoya et au Nord-Cameroun portent des pagnes et sont très belles.[3]

Je connais la France à travers des récits, des biblots de pacotille qu'on nous défend de toucher, de rares images de nos livres de classe, des récitations, « la Marsellaise, » et déjà j'aime ce pays. L'expression souvent employée par des Européens « on rentre en France », empruntée depuis autour de moi par des Noirs, évoque l'idée d'un lieu féérique où l'on entre comme dans un paradis par une porte dorée… un pays tempéré, aux hivers, doux, aux étés frais, qui vous offre les merveilles d'une vie sans problèmes.

J'ai de la France une image que je perds dès mon arrivée dans ce pays. Je parle un français littéraire qui me vaut de bonnes notes en rédaction mais qui fait toujours sourire mes interlocuteurs dans la vie de tous les jours. Très vite, mon vocabulaire va s'accroître d'une série de mots d'argot et de jurons que je cherche vainement en cachette dans le dictionnaire. La chahut de mes nouvelles camarades de classe me surprend beaucoup au début. Je reste réservée, timide. Mais bientôt la voix de ma mère est loin ! Je fais alors comme les autres élèves. Je récite en argot le « corbeau et le renard », et sur l'air de « la Mar-

---

[3]Le roi Njoya était sultan de la région Bamoun qui accéda au pouvoir en 1885. L'invention de l'alphabet bamoun fut parmi ses nombreuses réussites.

seillaise », à la place de « Aux armes citoyens », je chante avec mes amies :

> Allons les Pensionnaires
> Prenez vos dictionnaires
> Frappez, frappez sur toutes les pionnes
> Afin qu'elles démissionnent

Comme le temps passe ! Je vois le sourire de Madame Danielly toutes les fois que j'entends l'air de « la Marseillaise », et je revois l'image de la petite villa blanche à louer. Me reviennent le souvenir de mes parents, celui de Doris ; une chaleur tendre monte en moi, je l'accueille les yeux fermés, sans pouvoir la nommer.

Monsieur F. est un ancien Gouverneur du Gabon et du Cameroun. Sa femme m'invite souvent chez elle en souvenir de mes parents. Tous les deux sont des êtres charmants. Ils m'introduisent très vite dans leur « cercle », leur « milieu », comme ils aiment dire. J'assiste souvent à leurs réunions. Ici toutes les femmes sont belles et élégantes, couvertes de bijoux, de manteaux de fourrure. Des sacs de crocodile, de lézard, soulignent leur aisance. Les robes sont discrètes, très bien taillées, chics, de bon goût. Là, on ne voit jamais l'aventurier colon mal élevé. « Les Anciens d'Afrique » forment une petite classe à eux, attachée par nostalgie à une certaine forme de mondanité facile, simple, sans trop d'étiquette. « Je suis un vieux Sénégalais », dit une voix derrière moi, avec un parfait accent parisien. Je me retourne. C'est en effet un vrai Sénégalais : seize ans de Dakar, mais son visage est un peu trop pâle, voilà tout. Ancien Commandant de Cercle, puis Haut-Commissaire, il est heureux d'avoir servi loyalment l'Afrique et la France. Retraité, il a trouvé une très belle place dans un organisme international. Il est fier d'avoir gardé ses relations avec le grand monde. Il m'apprend à chacune de nos rencontres les dures vérités sur l'Afrique.

Madame H. est coquette, toujours très bien mise. Elle est très instruite et cultivée, mais elle est par-dessus tout simple. Son mari est riche. Ils n'ont pas d'enfant. Je vais souvent chez eux car ils me parlent mieux que tout autre de l'Afrique, des Dieux, des légendes, des mythes. Ils possèdent des objets d'art d'une grande valeur. Toute une aile de leur appartement en est pleine.

Madame R. est grande et belle. Elle fait une éternelle moue. On dit qu'elle n'aime pas son mari. D'ailleurs elle n'aime personne ni rien au monde. En Afrique, elle ne supporte pas la chaleur, elle passe son temps à regretter Paris, l'Opéra, les Grands Magasins, les théâtres. A Paris, elle se plaint du froid, du manque de personnel, des appartements petits. Elle regrette le soleil d'Afrique. Elle ne se plaît nulle part. On dit qu'elle est raciste, mais elle m'invite souvent. J'ai un réel faible pour ses plateaux de fromage et ses tranches de jambon.

Madame L. est intelligente et réputée de l'être. Je l'écoute toujours avec le plus grand intérêt. Ses œuvres sont connues et son nom est cité parmi les plus grands africanistes de notre temps. Elle garde de sa mère, suffragette de première heure, un côté un peu combatif. Elle trouve révoltant tous les préjugés qui, dans presque tous les pays, tendent à considérer la femme comme un être inférieur. Elle consacre à la cause féminine de nombreuses heures de conférences dans l'année. Je l'admire beaucoup pour son courage, sa distinction, son impeccable connaissance de tout ce qu'elle dit, écrit ou fait.

Madame E. est une parvenue, grosse et bête. Elle n'aime pas son mari, dit-on. Elle aime le seul médecin de la brousse auprès de qui elle a travaillé comme infirmière. Son mari le sait, mais ne semble pas en être affecté. Je ressemble un peu, dit-elle, à son médecin. Mais voilà. Je ne lui présente personne. Elle ne me le demande d'ailleurs pas. Peut-être espère-t-elle ? Elle fait de bons gâteaux et cela me suffit.

Madame S. est bonne et sérieuse. Madame I. est raciste. Madame P. est légère. Tout cela — les humains sont ainsi faits — je le sais dès les premiers temps.

La plupart de leurs enfants sont mes amis. Je fais bande avec eux. Ils sont jeunes, gais, riches. Certains sont nés en Afrique, d'autres y ont grandi. Nous somme des étudiants. Tous disposent de plus d'argent que moi, possèdent des voitures, des studios en ville et vont aux sports d'hiver. Je suis boursière de mon pays, j'ai un petite chambre chez une vieille dame veuve depuis dix ans qui fait déborder sur moi et sur les gâteaux qu'elle avale tous les jours à quatre heures le trop-plein de sa tendresse. J'égaie sa vie. Les gâteaux la font grossir. Elle fait vainement un régime depuis mon arrivée ; les poches de son tablier sont pleines de bonbons et de chocolat. Elle surveille mes sorties… mais avec indulgence, car elle a des idées larges. « Attention, mon Petit, les garçons, eux, se relèvent, mettent leurs chapeaux et s'en vont… Les filles baissent le nez et restent seules avec leur malheur ». Elle me répète cela toutes les fois que je sors. Je finis par connaître la phrase par cœur et la dire avec les intonations de ma gentille logeuse. Et cela nous amuse l'une et l'autre.

Je commence à me lasser de ces enfants un peu trop choyés, trop riches, mais je me rends tout de même ce soir aux Champs-Elysées à la réunion d'Anciens d'Afrique. Pendant que les parents mangent le traditionnel couscous, les jeunes s'échappent pour une plus intime fondue. Je n'aime pas ce plat ni cette manière savoyarde de plonger dans le même pot. On se brûle en plus la langue. Mais on rit tellement. On flirte aussi, « un peu, beaucoup, passionnément ou pas du tout », selon la nature. Ce soir-là, je retrouve, pour ne plus la quitter, Doris Danielly, une belle jeune fille mince, douce et fragile. Elle finit cette année la licence de lettres modernes, et moi je suis en propédeutique. Nous avons le même âge. Ma mère est heureusement loin pour établir la comparaison désobligeante pour moi et me la citer en exemple. L'assistance est joyeuse. Chacun raconte son expérience africaine. On redit toujours les mêmes choses souvent grossies, embellies, enjolivées. La nostalgie porte si bien à broder et à idéaliser. Nous avons en commun nos vingt ans, le goût du risque, l'amour ou la passion de l'Afrique, pour des raisons différentes. Pour certains, l'Afrique est un continent où tout est permis et possible, où l'on est vite riche, bien servi, considéré — une vie facile. Pour d'autres, plus avancés dans leurs études, une matière vierge pour appuyer leur hypothèse, très vite d'ailleurs érigée en thèse, et pour d'autres encore, Noirs ou Blancs, un continent à libérer et à développer... Nos parents, par complexe de supériorité chez les uns, d'infériorité chez les autres, ont fait tant de tort à ce continent bien aimé... Nous pensons redresser les choses en toute fraternité, égalité et liberté. En attendant, nous sommes bien au chaud dans ce merveilleux appartement parisien.

Mon amitié pour Doris est grande. L'avance universitaire qu'elle a sur moi ne gêne en rien nos rapports. Elle est belle et séduisante. On me trouve charmante. Nous sortons ensemble. Nous sommes propres et bien habillées car je connais de petits magasins où les jolies robes de jeunes filles ne coûtent pas cher.

« C'est une merveilleuse petite, une jeune fille comme il faut », dit ma logeuse qui aime voir Doris chez moi, jusqu'au jour où elle trouve sur ma table de travail un livre de Freud et un de Karl Marx. Ils portent l'un et l'autre le nom de Doris Danielly. C'est terrible l'aversion des personnes âgées pour certaines lectures. Karl Marx, c'est le communisme, le trouble, Freud est le théoricien de la libido. Ce ne sont pas des lectures pour jeunes filles… conclut-elle, réellement en colère.

De l'amour, nous avons, mon amie et moi, deux conceptions très différentes. Doris refuse toute place à ce sentiment. Elle possède d'ailleurs une extraordinaire volonté qui lui permet de s'enfuir toutes les fois qu'elle se sent éprise d'un garçon. Elle ne veut pas être « esclave… » Les hommes ne jouent pas un grand rôle dans sa vie. Elle tient à son indépendence et n'hésite pas à détruire tout ce qui se met au travers de sa liberté, pour se sauvegarder, telle qu'elle se veut, un être sans amour vrai.

Pour moi, au contraire, ma vie tourne autour de l'amour, pour l'instant d'un amour, d'un grand, pour lequel le mariage est la seule, issue honorable. Si, pour le moment, j'écarte le flirt, c'est que mes rapports amoureux avec les hommes sont toujours tristes et drôles à la fois. Je suis toujours aimée quand je n'aime pas et lorsque je viens à donner mon cœur à mon tour, alors très sourvent on a cessé de m'aimer. Ce cache-cache sentimental auquel ma vie semble être vouée me fatigue et me fait mal. Par crainte de l'échec, je renonce encore pendant longtemps à l'amour comme au flirt. De toute manière, le flirt ne me suffit pas. Je n'aime pas les rapports vagues et légers. J'éprouve un grand besoin de m'attacher aux êtres et aux choses plus profondément. J'aime me sentir détentrice d'un secret ou d'un espoir. Il faut du courage et de la volonté pour faire son chemin dans la vie. Je crois que, de nature, je n'en ai pas beaucoup. Je suis un de ces êtres faibles. Les autres me poussent toujours, au hasard de mes rencontres, alors elles deviennent essentielles, comme des supports.

2

Joël et moi sommes des amoureux fous mais sages. Je garde de notre rencontre au mariage d'un ami commun un souvenir très trouble. Le temple est plein de gens sérieux, graves, bien habillés. Il y a une place vide sur le banc où je suis assise. Un jeune homme s'y met sans bruit. Il a l'air de me connaître, il me salue d'un geste de tête courtois et doux. Il me regarde. Je fixe encore volontairement les mariés, mais pour très peu de temps. Nos yeux se rencontrent. Nous nous connaissons, plus exactement nous nous reconnaissons. En réalité, je sais très peu de choses sur lui. On entonne un cantique.

13

Prend ma main dans la tienne
Et qu'en tout lieu
Ta droite me soutienne
Seigneur, mon Dieu.

Mon voisin ne chante pas, mais suit le texte sur le recueil de cantiques que je tiens pour nous deux.

A la réception, un peu plus tard dans la journée, nous ne sommes pas l'un à côté de l'autre. Des amis nous séparent. Si je veux le voir, je dois me pencher. Il s'approche de moi, je lui parle à plusieurs reprises ce soir-là, mais je danse avec d'autres.

Un jour, je le retrouve. La netteté avec laquelle j'enregistre dès lors nos rencontres et l'importance que je leur accorde m'étonnent alors. Lorsque nous sommes ensemble, nous ne parlons pas beaucoup, chacun est perdu dans ses rêves. Bientôt, nous sommes des amis. Nous échangeons des livres. Je ne cesse de l'écouter avec admiration.

Plusieurs semaines se passent. Un jour, ma logeuse m'annonce une visite au salon. « C'est un jeune homme, il est très correctement habillé, ne sortez pas avec ce pantalon étroit, je vous conseille de mettre une jupe » me dit elle avant de refermer la porte de ma chambre. Debout au milieu du salon, Joël m'attend. Il a un complet gris à fines rayures. J'ai un peu honte de mon pull-over et de ma jupe plissée de collégienne. Il me parle avec respect, me regarde avec gentillesse. Je suis ses mouvements dans l'immense glace de la pièce. Ses gestes sont lents, doux. Je l'observe, je le contemple presque sans qu'il s'en aperçoive. Maintenant nous sommes bien ensemble.

Il m'invite au théâtre quelques semaines après. Joël est ponctuel. Je suis presque prête quand il arrive. J'ai sur moi ma robe lamée noir et or, largement échancrée sur les épaules et mon manteau de velours noir. Ma propriétaire sort pour nous regarder partir, d'un air attendri, comme si elle envoyait sa fille au bal des débutantes. Avec une certaine nostalgie dans les yeux, elle me dit : « Vous pouvez faire comme moi, vous pouvez vous marier tôt. » Je lui souris avant d'entamer la première marche de l'escalier. Joël me précède de quelques pas. Il descend lentement pour ne pas trop me distancer. Il a des gestes élégants, fins et doux. J'aime les hommes doux. Mais je ne pense à rien, lui non plus, apparemment.

La représentation nous ravit tous les deux. A l'entracte, nous prenons deux jus de fruits. La paille glisse de mon verre, j'essaie de la rattraper. Les lorgnettes de théâtre prêtées par ma propriétaire tombent à leur tour. Joël les ramasse et se met à les détailler tant il les trouve jolies. J'éprouve un plaisir immense à l'observer. Deux rides légères soulignent ses yeux. Je découvre tout ce que j'aime chez un homme, son cou fort, sa nuque droite, ses épaules larges, enfin son visage, un masque d'une puissance indicible. Maintenant, il m'observe aussi. Nos yeux

se croisent ; troublée, je veux détourner mon regard…
mais comme c'est agréable de découvrir à travers deux
yeux un cœur qui bat à l'unisson du vôtre !

Joël cherche ma main gantée de satin noir, la trouve,
l'enveloppe toute entière, la serre très fort dans la sienne
mais ne la garde pas. La deuxième partie de la représentation est également très bonne. De temps à autre
l'étrange sensation provoquée par la main de Joël sur la
mienne me revient avec de moins en moins de force.

Toutes les fois que j'y pense, mon cœur bat intensément, ma gorge se serre — un trouble immense.

Nous terminons la soirée à la Closerie des Lilas.[4] Le
vieux café littéraire, ce soir-là, est sans âme. Je préfère au
cadre champêtre des terrasses, l'intimité des salles intérieures. Au-dessus de nos têtes se trouvent suspendues
contre le mur les paroles que Paul Fort dit aux incorrigibles générations humaines : « Si tous les gars du monde
voulaient se donner la main… ».[5] Je pense malgré moi,
insensiblement, étrangement muette, à la main de Joël
sur la mienne et aux agréables sensations tout à l'heure à
l'entracte. Je n'ai pas envie de rentrer, Joël non plus. Nous
marchons encore longtemps dans la ville déja vide. Mais

---

[4]Avec ses 150 ans d'histoire, la Closerie des Lilas sur le boulevard
du Montparnasse est le plus ancien café littéraire de Paris.
[5]Paul Fort (1872–1960) poète symboliste bien connu pour son
œuvre d'une quarantaine de volumes, *Ballades françaises*.

à Paris, il y a toujours, hélas, une horloge au coin d'une rue. Je m'endors à l'aube. Me reviennent comme dans un rêve la voix de Joël, sa main, la mienne, mes yeux, les siens, ses épaules. Le vide se fait en moi, et avec lui, l'attente de l'autre. Maintenant, il commence à me manquer. Il est devenu, après ma logeuse, la seule personne à qui je parle tôt, car tous les matins il téléphone avant de sortir.

Je connais Joël depuis deux ans maintenant. La demande en mariage qu'il vient de me faire ce soir est simple. Je suis un peu effrayée... Il m'arrive parfois de me demander si ma vie peut être possible avec celui-ci ou avec celui-là. Mais je réponds toujours avec réserve à cette question latente chez la plupart des êtres jeunes et célibataires.

Les jours que nous passons ensemble s'envolent très vite. Je vis dans un monde où n'existe rien de tout ce que j'avais connu avant. Joël tombe malade. Je me rends à son chevet. Il lit le journal, je lui demande de la lire tout haut. Mon regard se pose sur les papiers négligemment posés sur la table de nuit. La lampe cache à moitié le texte d'une lettre ; « Même si je n'écris pas beaucoup, vous savez que je vous aime... ». Ces mots me transpercent comme une vrille ardente. Joël lit, mais je n'écoute plus. Dans mon cœur un terrible roulement de tambour présage la jalousie. Je reste un moment stupéfaite, interdite, obsédée par ces mots. Des pensées contradictoires se bousculent en moi. J'essaie de paraître intéressée par la lecture du journal mais déjà j'ai envie de pleurer. Joël m'est indispensable maintenant. Ce n'est pas possible, il ne peut pas faire cela... Il est si différent des autres. Le doute et la jalousie se mêlent dans mon cœur. Les larmes me viennent aux yeux, m'aveuglent à moitié et coulent le long de mes joues. Je les essuie furtivement. Joël caché derrière le journal ne s'aperçoit de rien. Quelques minutes plus tard, poussée par la volonté de savoir à qui cette lettre est adressée, je demande à Joël s'il n'a pas de lettre à poster ou toute autre commission.

« Si, j'ai une lettre pour mes parents, laisse-moi faire l'enveloppe. »

A ma grande stupefaction, Joël retire la lettre à moitié cachée sous sa lampe de chevet. Je tremble de joie et de reconnaissance. J'observe les gestes sûrs de cet homme. A cet instant-là, je sais que je l'aime profondément. Oui, les choses volent ainsi parfois au secours des êtres faibles et indécis. Un bout de lettre vient de me révéler mon amour pour Joël, pensé-je tout le long de mon chemin du retour. Dehors, l'air est frais, le parfum du printemps me fouette le visage, la fête s'installe dans mon cœur éclatant de joie.

Je comprends que je suis femme maintenant.

3

Joël est si beau le jour de notre mariage. Il orchestre de loin le cortège et la réception avec une dextérité digne des meilleurs maîtres de cérémonie. Je suis très émue, la perspective de la lune de miel et de notre nouvelle vie me rend nerveuse. Tout se passe sans bruit, avec précaution et douceur dans ce minuscule appartement clair et joyeux où nous habitons maintenant. Nous sommes un couple beau, agréable à regarder vivre, parce que nous sommes courtois et polis l'un envers l'autre.

Ce matin me revient avec émoi une date. Je compte sur mes doigts comme des milliers de femmes sûrement ce jour-là. Je consulte le calendrier, crayon en main. Le doute s'installe en moi. « Félicitations, Madame, vous allez bientôt être maman », me dit le médecin avec une voix enjouée, comme une annonce au bonheur. Joël semble comblé. Il l'est. Je fais des actes de tous les jours, la table, le ménage, la cuisine. Mon mari me couvre de tendresse, de chaleur, d'affection. Maternité, sceau du destin, extraordinaire graine que porte la femme en venant au monde ! Je me sens bénie, élue. Cet enfant, vous ne pouvez savoir comme je le veux beau, fort, intelligent. Mieux. Plus. Toutes les qualités au superlatif. Maintenant l'enfant bouge en moi. Je le sens en de petits mouvements nerveux le long de mon flanc, parfois de réelles douleurs. Joël supporte sans peine apparente mes étranges caprices, il fait tout pour satisfaire mes envies et mes désirs parfois absurdes. Elle doit être reconnaissante la femme que le destin dote d'une grossesse sans histoires

19

pénibles, et à qui, le jour de la déliverance, la vue de l'enfant fait oublier la longue attente et toutes les souffrances.

Je sors peu, c'est l'hiver ; je m'occupe du petit appartement que je veux si joli pour l'arrivée de l'enfant. Joël chantonne dans la salle de bain avant de repartir à l'hôpital où il se spécialise en cardiologie. Je finis de desservir la table. Il est 14 heures. Les meubles de la pièce se mettent soudain à tourner; j'essaie de m'accrocher à une chaise. Trop tard. Je sens le plancher dur et froid contre mon dos, puis comme dans le lointain la voix de Joël. « Qu'as-tu donc, qu'as-tu donc ! » Il me manque la force de répondre. L'enfant est né dans des conditions atroces. Je suis dans un très grand état de fatigue malgré les trois transfusions faites d'urgence par les médecins.

Lorsque je reviens chez moi, tout l'espoir est évanoui. Je sais que nous n'allons plus, bientôt, être trois.

J'éprouve une crainte terrible de ne pas avoir d'autres enfants. Un affreux sentiment de privation. De nombreux mois passent. Ma crainte se confirme. Les médecins parisiens que je consulte me donnent de maigres espoirs « A votre âge, rien n'est perdu. » Et pourtant ! Les traitements que je vais suivre avant de quitter Paris ne changent rien. Joël est serein et consolant. « Il y a des couples heureux sans enfant », aime-t-il dire souvent. Je le sais. Mais on ne peut vraiment savoir la douleur d'une femme lorsqu'elle se sent incapable de donner à l'homme qu'elle aime le plus beau cadeau du monde, lorsqu'elle se sent incapable d'un acte qui fait justement notre plénitude. Je me suis moi-même détruite. C'est ma faute, je ne me suis pas assez reposée. Le métro, les courses, la vaisselle, la maison…, de longues heures passées à tout faire moi-même, le petit salaire de Joël si insuffisant pour nous deux… Paris tout entier, la seule ville au monde où l'on accepte de souffrir. Je me sens dépouillée, la nature me refuse ce qu'elle accorde aux autres.

4

Nous sommes à Yaoundé depuis notre retour au Cameroun. Il y a dix mois. Joël travaille à l'hôpital central. Il aime son métier, la vie dans cette ville, ses amis, les boîtes de nuit. Il sort beaucoup. Je l'accompagne quand il le veut. Maintenant, il rentre de plus en plus tard. Des réunions avec d'autres médecins, une urgence, un patient pénible et délicat, les conférences sous la présidence du Ministre de la Santé, tous ces prétextes sont bons pour éviter d'être seul avec moi.

Je n'ai pas beaucoup de fantaisie et je sais que je dois le fatiguer par moments. Il m'est impossible maintenant de savoir où il est et ce qu'il fait. Comment tout cela est-il arrivé ? Mon mari si gentil, aimable et courtois. Pourquoi cet horrible changement? Les nuits entières, je l'attends. L'anxiété me ravage le cœur. Peut-être y a-t-il une femme dans sa vie ? Et pourtant non ! Mais pour quelles raisons est-il alors si taciturne et si irritable ? Il rentre à l'aube, sa tournée s'est terminée au Black and White. Je ne lui demande pas d'explications : ma voix l'agace. Je n'en peux plus, non je n'en peux plus. Tant d'humiliation !

« Pourquoi fais-tu tout cela, comment peux-tu avoir tant changé, peut-être as-tu assez de moi, dans ce cas, dis-le tout de suite. Ça ne peut pas continuer ainsi ! »

Le mot est lâché, il vient de moi. Un de ces mots affreux qui traduisent la volonté de se séparer sans trop de conviction. Mon mari jette un coup d'œil sur moi, arrête le tourne-disques qui marche en sourdine avant de parler.

« Ecoute Flo, tu ne comprends rien. Il ne s'agit pas de cela. J'ai besoin de détente, ici ce n'est pas très drôle. »

« Alors, tu n'es pas bien avec moi. Oui, je sais. Tout cela parce que je ne peux avoir d'enfants. »

Joël paraît attendri. Il me regarde, il se ressaisit vite.

« Ecoute Flo, essaie de raisonner. Il ne s'agit pas de cela. Ne pleure pas, je t'en supplie. Ne pleure pas. »

« Dis-le, Joël, si j'avais un enfant, tu serais différent. Si tu m'aimes, il y aura peut-être un miracle. »

Joël ne me répond pas. Il me fixe silencieusement. Quand la pitié prend le visage de l'amour, on n'a pas beaucoup le courage de parler.

« M'aimes-tu encore ? Oui, je sais, l'enfant aurait arrangé bien des choses. »

Mon mari reste figé et se contente de marmonner :

« Tu es ma femme, Flo, tu es ma femme, ne pleure pas. Je suis responsable de toi. »

Les jours se passent, les disputes se multiplient. Aujourd'hui encore. Joël rentre tard, mange à peine, s'assied derrière son bureau quelques instants avant de repartir à l'hôpital. Depuis des semaines, il dort mal, soupire toute la nuit.

« Mais Joël, lui dis-je m'approchant de lui, tu m'avais dit autrefois il y a des couples heureux sans enfant. »

« Oui, je le pense encore, il faut que tu le saches. Ce n'est pas à cause des enfants. Il ne faut pas en faire une idée fixe. Le mal est ailleurs. Quelque chose s'est brisé. »

Je regarde en effet son visage. Ce n'est plus dans ses yeux la même chaleur qu'autrefois.

Nous dormons dans le même lit, Joël et moi, comme des êtres étrangers, indifférents, hostiles même, par moments. Plus d'harmonie conjugale, plus d'amour, ni désir, si parfaitement humains pourtant. Je mets ma main droite sur son épaule gauche, je me glisse vers lui, j'essaie un assaut sur son corps muet.

Echec. Plus d'appel, plus de réponse. Je caresse encore une fois son corps de marbre. Un sourire impitoyable, sans indulgence, fait bouger les lèvres de Joël. Je reste un moment glacée dans ma maladresse. Sur ses lèvres fermées, mortes, se pose mon dernier baiser, léger et sonore pour meubler le silence de notre intimité maintenant vide, creuse, froide. Je tire sur moi toutes les couvertures : j'ai tant besoin de protection. Nous nous tournons le dos. J'essaie de toucher sa nuque adorée, ma main retombe de découragement. Ainsi donc, je ne suis pas mère et je cesse d'être femme. Terrible, la force de l'abandon.

Je mine ma santé dans l'enfer de notre vie. Joël me propose d'aller me reposer. Je me rends alors chez mes parents. Il m'accompagne à la gare. Dans la ville où je suis déjà connue, je me mêle à une joyeuse bande d'anciens amis. On me remarque vite. Ma présence ici intrigue les esprits. Je suis à la fois avenante et distante. On me fait la cour : mais j'aime beaucoup Joël, je l'aime tel qu'il est, rêveur, indifférent, inquiétant aussi avec son front un peu têtu, au-dessus de ses lunettes d'intellectuel parfait. Je veux oublier tout le mal que j'ai, m'amuser, jouer, flirter. Mais, vous le savez bien, lorsqu'on aime vraiment, les autres êtres vous semblent fades, insipides, creux, plats. En plus, la société, notre société sévère et bourgeoise, ne pardonne jamais à ceux qui lui lancent un défi. Joël lui-même n'est pas homme à pardonner une tromperie même légère. J'y pense tandis que le temps passe.

A mon retour, Joël semble détendu. Il m'accueille avec joie. J'ai sur moi une nouvelle robe aux tons avantageux, qu'il ne connaît pas.

« Que tu es belle, tu es si jolie… dit-il avec insistance avant de continuer. C'est triste cette maison sans toi, Flo, je suis sorti souvent, alors ne te plains pas trop du désordre. »

Mon cœur tressaille de joie pendant qu'il parle. Est-ce possible que je retrouve le bonheur ? Joël a envers moi des gestes d'autrefois. La nuit tombe, une nuit de bonheur et de passion où j'ai de nouveau la certitude d'être aimée.

5

L'enfant ne vient pas. Lui seul peut consolider mon ménage, j'en fais une idée fixe, un complexe. Ma belle mère me propose de recourir à la médecine traditionnelle. Elle fait quelquefois des miracles, me dit-elle, pointant son index vers le ciel.

J'ai besoin de croire que rien n'est perdu pour continuer à lutter. Une lutte qui vaut tous les risques. A l'insue de mon mari, je me rends accompagnée de ma belle-mère, chez un homme qu'elle me défend d'appeler sorcier. Dans une case sombre, un homme est assis dans le noir. Après plusieurs incantations et impositions des mains, l'homme, prenant un air d'au-delà, me dit :

« Ma fille, il est écrit que tu auras beaucoup d'enfants, une dizaine. Trois d'entre eux vont mourir, les autres feront ta joie, ta fierté, ton orgueil. Mais hélas, le mauvais sort jeté par ton grand-père sur toi t'empêche d'avoir des enfants, parce que tu n'as pas voulu être dotée. La clef qu'il promène, cachée sous le pan de son pagne est le symbole de la malédiction jetée sur toi. » Regardant bouger un reflet dans l'eau d'une cuvette, il continue : « Je vois des choses foudroyantes. Il faut lever cette malédiction; c'est à cause de cette dot ! Ton grand-père et beaucoup dans ta famille n'ont pas admis que tu n'aies pas été dotée. Les traditions, les jeunes vous les rejetez, vous avez tort. Si nos ancêtres les ont acceptées, c'est qu'elles sont dignes. Vous voulez, vous autres, détruire les « choses » dont les vertus sont éprouvées depuis de nombreuses générations. »

Je ressens alors un léger sentiment de peur mêlé d'incrédulité. Sûr de lui, l'homme me demande alors 10.000 F CFA et m'ordonne de lui apporter la prochaine fois une liste de denrées pour la préparation de mon futur traitement. Je paie le prix de la consultation, sans plus tarder, et pour ne plus jamais revenir devant ce vieux menteur.

« Ce n'est pas un menteur, dit ma belle-mère. Ils disent des choses justes… Nous ne devons pas renoncer à croire à ces forces-là, même si nous sommes chrétiens. Bien sûr, le Très Haut, le Dieu vivant est au-dessus de toutes ces créatures. Mais il y a des forces invisibles très dynamiques, qui mènent les êtres et les choses. De toute manière, Dieu nous aime, les dieux nous protègent dans la mesure où nous n'enfreignons pas leurs règles ; leur action conjuguée ne peut nous nuire. »

J'écoute parler ma belle-mère... A chacun sa logique !

« Je connais, loin, très loin d'ici, dans un petit village une femme qui guérit les cas comme le tien, me dit une voisine, elle obtient des résultats merveilleux ». Cette fois-ci, grâce a la bienveillante complicité de ma belle-mère, mon mari me donne son accord. Le « médecin » m'attend, une petite dame propre, mince et fripée, dont les lèvres soutiennent une pipe à moitié éteinte. On m'offre une chaise. Au milieu de la pièce, une table sans nappe ni fleurs. L'unique fenêtre est ornée d'un store en raphia à demi baissé et dont le fil traine le long du mur. Des stores identiques pendent aux portes menant à d'autres pièces. La cour nettoyée par un balai de palmier, présente de magnifiques sillons parallèles et harmonieux, comme un nappe brodée, par endroits marquée des traces de nos pas et ceux des premiers visiteurs du matin.

« C'est moi l'interprète, je parle le mieux le français dans le village, alors on m'a fait venir », dit un jeune homme.

« On te paie également ? »

« Non, je fais cela gracieusement, je donne aussi des cours aux jeunes villageois lorsque j'ai du temps de libre. »

Elles se font réellement, dans nos brousses, les vraies œuvres de charité. Les maîtres d'écoles de nos villes ne savent combien d'assistants vaillants ils comptent dans nos villages.

La séance commence.

« Tu ne peux avoir d'enfant, t'ont dit les gens de la ville. Je vais essayer de te traiter moi aussi. Je ne te promets rien. Je ne me sers ni des forces occultes, ni de la magie. Le traitement que je vais te faire est à base d'herbes. »

Tous les matins, la petite dame m'administre en silence la dose du jour. J'en sors fatiguée, mais pleine d'espoir, tant elle m'inspire confiance dans sa dignité.

Le temps passe vite dans ce cadre de brousse. Je suis choyée par tous les villageois.

Il est maintenant temps de repartir.

« Continue de prendre tous les jours la composition qui est dans cette bouteille. Attends six mois. Si tu n'as pas d'enfant, c'est que tu n'en auras jamais. Aie confiance », me dit la vieille dame, serrant dans sa main le prix modique de son traitement, et contre sa poitrine deux ou trois effets vestimentaires que je lui donne. Mon interprète refuse la moindre piécette. Je lui remets une robe pour sa femme.

Tout le village est vite averti du départ de l'étrangère. Sur la route, des hommes et des femmes sortent de leurs maisons, se tiennent sur le pas de leurs portes, formant ainsi une haie interminable. Partout des adieux, des bénédictions, d'innombrables souhaits. Les enfants suivent en arrière, nous accompagnent jusqu'à la rivière. De la pirogue qui s'éloigne, j'entends encore des chants d'adieux.

On me parle enfin d'un merveilleux guérisseur. Il respire une force apparemment irréductible, mais ne m'inspire aucune confiance. Il me fait mettre à genoux ; pose ses mains sur ma tête et implore les dieux de la fécondité pour qu'ils mettent l'enfant dans mon sein. Les rites, mêmes primitifs, exercent sur moi un certain attrait. Il parle le pidgin english, et nous nous comprenons bien. A la deuxième séance, il fait déshabiller la femme jusqu'à la taille et recommence son monologue occulte, entièrement enveloppé dans un pagne.

A la troisième séance, il vous demande d'apporter une bouteille de rhum, et après en avoir bu, il propose à la femme une curieuse insémination artificielle : puis il dit avec conviction :

« Dans vos cliniques modernes, c'est la même chose. On prélève la semence masculine et on l'injecte à la femme. Cette semence peut être du mari ou bien d'un autre. Seulement, on choisit l'homme dont le type physique est le plus proche du mari, et cela vous flatte, n'est-ce pas. »

Je sais qu'il existe des bébés-éprouvettes, sans plus. Je reste très étonnée devant l'ampleur des connaissances du « guérisseur » sur ce sujet. Mais je n'ai réellement aucun goût pour les accouplements et je quitte le village sans regret. Avant d'arriver sur la route pour prendre un de ces minuscules autocars où les hommes et les femmes voisinent avec les poules et les chèvres, je fais la plus extraordinaire rencontre de ma vie : Zimba, la fille des dieux.

6

Les enfants du « grand-prêtre » ont leur réputation dans le village. Ils ne vont jamais jouer la nuit au clair de lune dans d'autres cours ou sur les terrains vagues. Ces jeux nocturnes sont pour les profanes… Cette nuit, Zimba et ses frère sortent, se joignent à d'autres enfants dans la cour voisine.

Ici, pas d'étiquette, tout le monde danse.

Dans ce climat, Zimba est heureuse, elle bat des mains, chante. Le chant n'est pas long, deux ou trois phrases qui reviennent toujours, éternellement. Quelques minutes suffisent pour apprendre à les chanter.

Un jeune homme bondit dans le cercle, se place devant Zimba, tourne sur lui-même en deux temps, puis termine sa révolution en un tortillement du bassin d'avant en arrière, tourne encore deux ou trois fois, en pointant à chaque coup, puis se retire définitivement.

Zimba, à son tour, saute et danse devant un autre jeune homme. Elle fait cela si maladroitement, en des mouvements si désordonnés que toute l'assistance se met à rire. Très vexée, la jeune fille se retire, s'assied sur une dalle posée dans la cour et regarde faire les autres. Un garçon est assis non loin. Il lui dit :

« C'est la première fois que tu viens ? »

« Oui. »

« Moi non plus, je ne sais pas danser et ils se moquent de moi quelquefois ; les gens c'est curieux, se moquent toujours de ceux qui ne font pas comme eux ou aussi bien qu'eux. »

Zimba se met à rire.

« Mais pourquoi ris-tu ? »

« Pour rien, je te trouve drôle, c'est tout. »

« Ah ! je comprends, tu ris parce que je ne parle pas bien. J'ai raison, on rit toujours de ceux… »

« Non ! non ! proteste Zimba ne te fâche surtout pas ! Ce n'est pas ça… Mais… »

« Oui, je ne suis pas d'ici, je viens d'un lieu très éloigné. Quel est ton nom ? »

« Zimba, fille des dieux. »

« C'est un drôle de nom. Personne n'est enfant des dieux, parce que les dieux ne ressemblent pas aux hommes ; ils sont forts, ils sont grands, ils sont nobles, ils n'ont ni souffrances ni peines. Ils ont tout et peuvent tout. Les hommes sont si faibles, si malheureux, si méchants. S'ils étaient les enfants des dieux ils leur ressembleraient un peu…. »

« Oui, mais moi, je suis quand même fille des dieux, je suis née comme ça et mon père m'a appelée ainsi. »

« Mais comment es-tu née, sors-tu des eaux, es-tu tombée du ciel, du soleil, de la lune ou des étoiles ? »

« Je ne sais pas, je suis née comme naissent les filles des dieux et comme naissent les dieux eux-mêmes, personne ne sait quand ils voient le jour, d'où ils viennent, pourquoi ils sont là et quand ils partiront. Ils n'ont ni commencement, ni fin, ils sont, c'est tout. »

« Tu es étrange, je n'ai jamais entendu personne me parler ainsi, tu me fais peur. Tu es peut-être une femme des eaux, une sirène comme on dit qu'il y en a beaucoup par ici… »

« Je m'en vais maintenant, mes frères m'appellant. »

« Tu viendras demain ? »

« Non. »

« Après-demain alors ? »

« Non plus. »

« Quand viendras-tu donc ? »

« Peut-être plus jamais. »

« C'est peut-être, pense le jeune homme, une vraie fille des dieux. » Elle est comme eux. Ils se font hommes une fois, ils viennent sur terre puis s'en vont pour toujours, pour l'éternité, dans leur maison de nuage et de douce lumière.

A cet instant même, Zimba franchit la porte de la case paternelle, enlève sa robe et s'enveloppe dans son pagne pour dormir. Toute la nuit, avec inquiétude, le jeune homme pense à cette étrange créature divine parmi les humains. Il attend le moment libérateur où il la reverra, où il ne sera plus prisonnier de son angoisse, des questions qu'il se pose, des réponses qu'il y donne.

Toute la journée, il cherche à voir Zimba. De loin, il rôde autour du domicile de la jeune fille.

Enfin la voilà, c'est bien elle, la jeune fille d'hier. Elle épluche des légumes devant la cuisine. Il ne peut pourtant pas aller la voir, il ne peut pas demander à lui parler, il faut un prétexte. Il retourne chez lui, dit à sa tante qu'il lui faut de l'eau chaude car il a mal aux pieds.

Sa tante n'a pas encore allumé son feu, et le jeune homme se propose d'aller chercher de la braise.

« Aurais-tu la bonté de me donner un peu de braise », dit le visiteur à la jeune fille.

« Oui, mais le feu vient d'être fait, il n'a pas encore bien pris, il n'y a pas encore de braise. Il faut attendre », insiste Zimba.

« Oui, j'attends, merci. » Puis, après un petit silence, il reprend : « tes frères ne sont pas là ? »

« Non il sont allés à la pêche, ils ne sont pas de retour. »

« Tu t'appelles toujours Zimba, fille des dieux ? »

« Oui, bien sûr. »

Zimba continue sa besogne en silence. Chaque tranche d'igname devient blanche par l'effet délicat de son petit couteau. Elle lève les yeux brusquement pour regarder la direction prise par un criquet léger. « Ce n'est plus un petit garçon, se dit-elle, sinon il aurait bondi pour rattraper le criquet, comme font, d'habitude, tous les petits de la région : ça doit être un homme. » Et cela emplit son cœur de joie. Le jeune homme voit grandir les reflets dansants de la flamme dans les yeux de Zimba. Il sait maintenant que le feu est prêt. Il racle quelques braises et s'en va. Avec sa petite pelletée de feu, il sait qu'il emporte quelque chose de plus. Mais Zimba a le sentiment de s'être trahie. Les fleurs n'aiment pas dévoiler leur mystère, les femmes n'aiment pas dire les plus profonds secrets de leur vie. Maintenant l'inquiétude glisse peu à peu dans son cœur. Elle découvre que pour les filles, même des dieux, un jour dans leur vie, l'amour s'avance, invisible, frauduleusement, comme un voleur dans la nuit et qu'il les pousse sans un mot vers quelqu'un.

Mais Zimba est l'ange gardien de son père, de sa famille, gardienne aussi du feu, une vestale, vierge des vierges. Elle veille à l'autel du grand-prêtre. Elle ne peut se marier. Lorsque le jeune homme veut enlever la femme, le mauvais sort s'abat sur lui. Il meurt dans la forêt, piétiné par un éléphant. Longue, longue est l'histoire de la très chaste Zimba. Ses parents et ses frères sont morts, tués par des raids terroristes.[6] Elle erre maintenant de village en village. Seules les petites filles difficiles lui offrent, au passage, les restes de leurs plats.

Ainsi me raconte son histoire, la belle Zimba la fille des dieux, aux mains des diables. Elle me demande, avant de se taire, de l'emmener avec moi. Comment lui dire non ?

---

[6]Bien que Kuoh-Moukoury n'eût aucun événement particulier en tête en l'écrivant, les raids terroristes peuvent être interprétés comme une de plusieurs insurrections dans l'histoire camerounaise — les plus connues étant celles dirigées par Ruben Um Nyobé de l'U.P.C. (Union des Populations du Cameroun) pendant les années 50.

7

Maintenant je reprends ma vie de tous les jours, cette fois-ci avec la ferme intention de la vivre telle, de supporter mon mal de le faire mien, de sortir beaucoup, d'essayer d'oublier. J'y parviens à moitié. Nous évoluons dans ce milieu familier sans trop d'enthousiasme.

Cependant mon mari reste courtois envers moi et nos amis ne s'aperçoivent de rien. Moi seule m'en rends compte, moi seule connais le drame qui se passe en lui quand il prend cet air rêveur, triste. Il est seul au milieu d'une foule bruyante. Je le regarde souvent, je lui veux tant de bonheur ! Je l'aime. Plusieurs semaines se passent. La maison, c'est l'enfer. Joël travaille beaucoup, ne me parle presque pas, le soir après le dîner, presque muet, il s'enferme dans une pièce, prend un livre ou sort.

Je cesse de penser à l'enfant comme une solution possible. Zima finit de tresser mes cheveux lorsque Joël entre.

Il me fait un signe de tête pour me saluer, je lui souris un peu, je ne peux détacher mon regard de son visage. Comme pour me le graver à jamais dans la mémoire. Je sais à cet instant-même qu'un jour, proche ou lointain, je vais perdre l'être que j'aime le plus au monde.

Maintenant je suis décidée, je veux qu'il me parle, qu'il me dise ce que je crains tellement de savoir.

Son manque d'attention, ses exigences, son indiffé-
rence à mon égard m'agacent... Il faut en finir.

« Pourquoi m'as-tu épousée, Joël ? Pourquoi ? Moi, je
me suis mariée avec toi par amour, avec l'idée de vivre
très longtemps, le plus longtemps possible avec toi ; mais
toi Joël, toi, m'as-tu jamais aimée ? »

« Je ne sais pas », dit-il, s'essuyant le front.

Cette révélation éclaire soudain tout un passé de doute,
de souffrance, d'humiliation. Je retiens mes larmes pour
que même lui ne suit témoin de ma déception et de ma
douleur.

Joël s'assied et parle sans colère, avec cependant dans la
voix, une certaine lassitude.

« Flo, comme tu es supérieure à moi, tu es sincère.
Nous nous sommes engagés dans deux systèmes diffé-
rents. Pour toi, ton mariage avec moi est l'aboutissement
d'un amour... Quant à moi, je t'ai épousée... Flo, écoute,
je n'ai rien à te reprocher, dans notre vie de tous les jours,
je t'observe, la moindre faute de ta part aurait depuis
longtemps entrainé notre séparation. »

Il est difficile de faire du mal sans raison.

« Je sais, tu souffres, moi aussi, nous tournons en rond
dans nos souffrances, je sais bien que tu mérites mieux
que cela. Mais il faut être lucide : la vie commune est depuis longtemps pénible entre toi et moi. Il nous faut trouver une solution. Il fallait bien un jour que je me marie...,

en plus je croyais t'aimer, mais le mariage, c'est tellement affreux... Après tout, nous sommes deux étrangers... Nous avons essayé d'unir nos destins, mais enfin...

« Et puis... ta beauté, ta distinction, ta culture ont été de si gros atouts... Alors je t'ai choisie, toi et non une autre... »

« Mais comment as-tu pu changer ainsi... »

Joël secoue la tête, la visage un peu grave.

« Joël, si nous avions eu un enfant... »

« Non, Flo, je sais, tu penses certainement aux enfants que nous aurions pu avoir, mais loin de croire comme toi, que les enfants auraient tout changé, je pense au contraire qu'ils auraient tout compliqué. »

Joël dit toutes ces choses avec une voix douce mais ferme. Je l'interromps pour lui demander quelle solution il propose pour nous.

« Le divorce », dit-il d'une voix plus tremblante. Il ajoute en plus, comme pour me soulager :

« Je prendrai tout à ma charge, j'accepte d'avoir tous les torts. Ainsi, tu seras libre de recommencer ta vie avec un autre... »

Comment cela est-il arrivé, comment puis-je recommencer ma vie avec un autre ? Une foule de questions sans écho. A cet instant même, aucun sentiment de révolte ne s'empare de moi, je suis lasse, très lasse. Il me faut dormir.

8

Doris et moi, nous ne nous voyons pas depuis mon mariage. Je la suis de loin dans les séjours qu'elle fait successivement au sanatorium puis au Sénégal où elle travaille. L'annonce de son affectation a Yaoundé me comble de joie.

Aux visites qu'elle me rend dès son arrivée, je retrouve la même jeune femme forte, décidée, organisée, toujours douée de cette extraordinaire volonté qui fait marcher le monde en ayant l'air de le suivre. Joël ne connaît pas mon amie, il se désintéresse de moi, de ma famille, de mes relations.

Aujourd'hui dimanche après-midi, Joël va jouer aux cartes chez des amis. Je n'ai aucun goût pour ces jeux de patience… Il ne m'invite pas d'ailleurs à l'accompagner. Je ne le lui propose pas non plus. Je me rends chez Doris. Je lui parle encore une fois de mon malheur, elle essaie de me soulager sans plus. A ma place, elle me le dit souvent, elle divorce, elle accepte la séparation avec de substantielles garanties…. Elle me trouve aussi faible, et désespérante, qu'aurefois, avec mes incessantes lamentations et jérémiades…

Mais comment puis-je divorcer, que vont dire mes amis, ma famille, la société toute entière ? Chez qui vais-je entrer, démunie ? Une vie à reconstituer, des amis, des relations à refaire ! Suis-je réellement capable de tout cela ? Dans la vie, j'évite toujours de me mettre devant les choix. Les autres me choisissent toujours ou me rejettent, faisant ainsi mon bonheur ou mon malheur, presque malgré moi. Si je fais quelquefois du bien, je crois le leur devoir. Les choix sont si redoutables.

Zimba travaille chez Doris maintenant. Doris n'aime pas les domestiques masculins, peut-être parce qu'elle est célibataire.[7] Elle est plus fine, plus libre, plus pratique, en un mot mieux que moi pour aider Zimba, qui ne tarde pas à apprendre auprès d'elle bien plus de choses. Ses yeux et son cœur s'ouvrent davantage au monde. Elle se transforme, se métamorphose. Mais, reconnaissante et dévouée, elle vient souvent tresser avec habileté, les moindres mèches de mes cheveux si drus.

Je veux reconquérir Joël. Pour rien au monde, je ne cesserai d'être sa femme. Il m'est impossible d'admettre qu'une autre femme prenne ma place, se couche auprès de lui, le rencontre le matin à la salle d'eau, fasse son dé-jeuner, range ses chemises, veille sur lui.

Pourtant, je me sens incapable de le séduire à nou-veau. Je fais tous les jours des efforts surhumains. Il y a tellement longtemps que je ne suis plus belle… Il faut que je sois présentable. Joël pourrait encore être fier de

---

[7]Pendant la période coloniale, les Européens embauchaient souvent de jeunes Africains comme 'boys' qui travaillaient comme domestiques.

moi, alors j'essaie de mieux me coiffer. Je me parfume, je me maquille, je cherche tous les canons de la beauté, toutes les armes de séduction que le monde ait jamais imaginées pour une femme. Je n'y parviens pas. On ne conquiert pas un amour perdu ou dangereusement menacé rien qu'en se faisant belle. Joël ne me regarde pas, tout cela est trop familier pour lui offrir de l'attrait. C'est le désespoir. Il faut ramener de toute manière Joël à moi, ou tout au moins le retenir. Je vais me servir de Doris, cette créature forte, irréductible, telle est ma décision. Dès cet instant, la maîtrise avec laquelle je vais mener les opérations m'étonne encore, moi, hier si faible, aujourd'hui prête à marcher droit, courageuse...

Je n'explique rien à Doris, je lui demande seulement de venir dîner un soir. Elle vient. Elle descend majestueuse de sa voiture. Elle est splendide dans cette robe grise avec une fleur rouge. La netteté et la distinction de son élégance ne me surprennent pas. Elle est si belle. Je m'efface volontairement, je suis habillée de noir. Un collier d'un rang de perles synthétiques acheté à la hâte au Printania de la ville relève à peine l'austérité de ma tenue. Mes cheveux noués en simple chignon plat au-dessus de la nuque, retenus par un bandeau, également noir, accentuent d'une manière disgracieuse les traits de mon visage, déjà si marqué par les larmes. J'ai un air triste, lugubre et mon parfum de tous les jours.

Je laisse Doris briller, parler des sujets qu'elle aime et qu'elle connaît. Je me complais à ce jeu volontaire d'effacement, d'enterrement intellectuel.

Cette première rencontre est une réussite. J'invite maintenant Doris à la maison très souvent. Sur le visage de mon mari, un semblant d'exitation toutes les fois que nous sommes trois. Dans la ville, on nous remarque. A toutes nos rencontres. Doris est naturelle, gaie, franche, je reste toujours maussade. De temps à autre, Joël me jette un regard plein de pitié, comme pour dire : « est-ce vraiment toi que j'ai un jour épousée ? » Il y a une telle distance maintenant entre les gens heureux et les autres.

On m'accuse d'avoir jeté mon mari dans les bras de mon amie. Je suis très loin d'y penser, en réalité.

« Même si cela était vrai, dis-je en riant à Zimba, n'est-ce pas une bonne chose ? Dans la tradition, n'est-ce pas l'épouse qui choisit elle-même, une nouvelle femme à son mari ? »

« Mais, Madame, vous ne pouvez accepter la polygamie... En tout cas, je ne veux plus retourner chez Madame Doris, je reste ici. Elle n'est pas gentille. »

« Retourne chez toi, à ton lieu de travail, nous sommes des amies, des amies sincères. Il ne faut pas croire... »

Après le départ de Zimba, je me mets à penser ardemment à l'accusation. Elle se transforme vite en une solution possible, jusque-là insoupçonnée de moi-même. Le plan de bataille devient évident, clair. Les autres viennent de me le trouver. Oui, pourquoi ne pas fermer les yeux ? Mon amie n'est-elle pas une jeune femme belle, forte, solide, pour qui l'amour ne compte pas ? Elle détruira Joël, oui, c'est sûr, elle le détruira. Désespéré et humilié à son tour, il reviendra à moi. Il n'aura plus que moi pour le sauver.

Ce plan va vite devenir ma plus grande préoccupation. Mon ennui s'estompe. Faut-il en parler à Doris comme autrefois, jeunes filles, nous aurions pu le faire d'un flirt ou d'un ami ? Et si Doris refuse de me prêter son concours ? Tout est alors perdu… Ici, ce n'est pas une aventure de jeunesse avec ses dangers certes… il s'agit d'un mariage, c'est tellement plus sérieux. Il y a tant de risques. Je n'explique rien à Doris. Je vais me servir d'elle comme d'un hameçon pour rattraper Joël, ce petit poisson fuyant, comme d'une balle, contre l'être que j'aime le plus au monde.

Il n'y a pas de risques. Quelle direction peut prendre cette balle ? La bonne. Mon amie est une femme sûre. On s'attache ainsi, parfois, à de maigres et fragiles bouées de peur de se noyer…

Nous sortons encore beaucoup ensemble. Très correct, Joël s'occupe de nous, de moi par obligation, de Doris par courtoisie. Nous semblons trouver un équilibre qui est loin de me déplaire. Joël est auprès de moi… Qu'importe qui d'autre… Tant mieux si c'est ma meilleure amie. Il m'arrive encore d'aller pleurer chez elle.

Je dois lui être reconnaissante. Elle m'aide à vivre. Au cinéma, je suis assise entre Joël et Doris. Une manière comme une autre de trouver son équilibre.

Je reprends le dessus. Doris et moi rivalisons d'élégance comme autrefois au Quartier Latin. Je suis en bonne voie. Il ne peut plus y avoir de vrai retour en arrière. Maintenant, lorsque nous sortons, Joël s'installe entre mon amie et moi. J'ai pleinement confiance car Doris est une de ces femmes qui semblent incapables d'aucune tromperie, pensé-je naïvement. D'ailleurs, je vais bientôt désespérer : Doris ne semble pas séduire Joël. Vais-je lui dire de faire un effort ? …

La logique de l'absurdité est aussi rigoureuse que tout autre. Aujourd'hui encore, un pas en avant. Une victoire. Je surprends sur le visage de Doris, passive, le regard de Joël, un regard plein d'amour et de désir, rien de semblable avec la tendresse respectueuse qu'il a toujours pour moi, même au début de notre vie. Je suis à la fois heureuse et jalouse. N'est-ce pas une victoire ? Mon amie intéresse Joël, voilà un point. Mais que possède-t-elle à ce moment précis, de mieux ou de plus pour inspirer tant d'amour à l'homme qui me fuit ? La jalousie, cette intrigante complice des cœurs aimants, le plus trouble des sentiments est de nouveau là. Mon cœur, comme un tambour, bat à l'annonce du malheur. Bientôt, la peur de perdre Joël, cette fois-ci irrémédiablement. J'ai maintenant beaucoup d'espoir, mon plan va réussir. C'est un espoir amer, car je crains et je veux à la fois.

Nous sommes tous trois invités à une projection au Centre Culturel. Je ne peux y-aller : la migraine, la fatigue ; le corps d'une femme est si douloureux... Doris et Joël s'en vont, je me couche sans penser à rien. Il n'y a d'ailleurs rien.

Suis-je dans le rêve ou dans la réalité ? Cette image à table de Joël fixant Doris me revient intrigante et douloureuse. Je suis prisonnière dans la pièce sombre... Des images défilent dans ma mémoire comme un scénario, la main de Joël sur la mienne, comme autrefois, la main de Joël sur celle de Doris. Mon amie dans les bras de mon mari, des baisers le long de son cou, sa tête sur son épaule, son front, sa nuque. Elle reprend comme ma doublure tous mes gestes tendres d'autrefois. Comme j'ai mal. Cette chambre est un tombeau, je suis seule ; il fait si noir. La lumière est paisible mais elle éclaire aussi la vérité les objets de la chambre, la place vide de Joël, son pyjama, ses babouches. Il y a une glace. Je suis défaite. Je tiens encore un peu. Je refais le noir, lampe et yeux fermés. Mais de nouveau, des images amoureuses de Joël et Doris. Je me lève. Je suis dehors. L'air est très bon. Il n'est pas tard. J'arrive au Centre Culturel. Il n'y a ni Joël ni Doris. Ils sont peut-être devant, j'attends encore. C'est la fin. On rallume. Ils ne sont pas là. Le regard des autres est si blessant. Je m'enfuis vite comme un fantôme rasant les murs, mon foulard noué sous le menton. Je rôde long-temps autour d'une boîte. Dans un coin je reconnais la voiture. Les vitres sont légèrement couvertes de buée, j'entends les sons des voix qui me sont familières. Vais-je m'approcher ? Les surprendre ? Faire un scandale, mais demain, la ville entière… Non ! Ce n'est pas toujours par vertu que j'évite de faire du mal, c'est par manque de courage surtout.

Je vais donc continuer, poussée par la force des choses. Sans me faire voir, je marche maintenant droit devant moi, comme un condamné à mort. Le matin vient tôt. Je suis au lit. Joël et Doris sont-ils encore ensemble à cette heure-ci ? Ai-je bien vu ? N'est-ce pas une erreur ?

9

Je me pose ainsi des questions contradictoires, des hypothè-ses aussi vite rejetées… lorsque Zimba vient en pleurant :

« Madame, je vous ai dit… ils sont… ils sont… à la maison. Ils ont dormi ensemble. J'ai entendu la voix de Monsieur dans la salle d'eau, puis ils sont entrés ensem-ble dans la chambre. Ils dorment encore. Je me doutais depuis longtemps de cela. Madame Doris a le visage trop joli pour être honnête. »

« Tu les as réellement vus ? »

« Oui, je vous assure, vous êtes trop bonne ! »

« Tu as raison. Ils sont ensemble, je les ai vus hier soir, ou plutôt j'ai deviné leur presence dans la voiture. Va vite au marché, ne dis rien à personne, surtout à personne de ma famille. Nous gardons le secret toutes les deux. Sois gentille avec ta patronne. »

« Oui Madame, oui Madame, je vous le promets. J'ai peur pour vous, vous aimez tellement Monsieur, vous allez le perdre, vous serez malheureuse. C'est tellement mystérieux le pays de l'amour. Il faut avoir vécu pour comprendre... », dit Zimba pensant à sa triste vie sentimentale, levant les yeux vers le ciel, comme pour implorer la miséricorde sur moi.

Je reste seule dans le noir, porte close, volets clos comme si je veillais un mort. Tout est poids, mon bras, ma tête, mes jambes, le drap et la couverture sur mon corps. Je m'enfonce un peu plus au creux du lit... je m'enterre là, blottie comme un chat blessé. Les yeux dans le vague, happée par un autre monde, celui de la démence après celui de l'absurdité, je me recroqueville dans ce grand lit, je me fais mince, petite, un minuscule point sur la terre, une poussière dans l'univers. Je sens encore le poids de ma chemise sur moi, je me complais dans ma solitude. Je ne me lève pas, je ne me lave pas, je reste là, enterrée, avec pour seul compagnon ma propre odeur faite de senteurs de mon parfum de la veille, maintenant mélangés à ma transpiration de la nuit.

La monde s'éveille et déjà il me dégoûte. Il y a des jours ainsi. Je reste encore étendue, je n'ai pas le courage de me traîner, de prendre d'initiative. La dépression commence par l'abandon total de toutes les forces. L'amour même devient un vain combat. Tout est fini. Je tends le bras. La place de Joël sur mon lit est fraîche et vide… J'ai maintenant les bras en croix, les bruits de la ville me parviennent voilés comme d'un autre monde, celui des vivants.

Joël entre, il va se changer, remettre une chemise propre, prendre son sac, son carnet de rendez-vous, ses lunettes de soleil, un paquet de ses cigarettes préférées…

« Tu sais Flo, nous sommes allés danser après la séance au Centre… J'ai retrouvé des anciens amis que tu ne connais pas… nous avons discuté toute la nuit, je suis bien fatigué… »

« La représentation a-t-elle été bonne ? »

« Oui. »

« Tant mieux si tu as pu voir quelque chose de bien. »

« Mais tu sais, c'est toujours la même chose… ce genre de films ! »

Je le connais bien Joël, nous sommes ensemble depuis si longtemps…

De sa bouche, de telles phrases ne veulent rien dire.

Le mensonge ou la vérité sont deux manières différentes d'appréhender la même réalité. Je m'interroge aujourd'hui sur la suite de notre histoire si Joël en entrant m'avait dit la triste vérité de son idylle avec ma meilleure amie. J'aurais sûrement été clouée à ce lit des jours durant, des nuits, des mois peut-être même, comme si le monde tout entier s'était écroulé sur mes épaules. Il aurait essayé de me persuader, de me convaincre, de me supplier avec sa tendresse habituelle. Il aurait été plus que jamais bon pour moi. J'aurais joué les femmes outragées, l'enfant gâté, l'épouse choyée. Mon mari serait surpassé pour me faire le moins de mal possible. Son mensonge change tout. Ai-je donc encore quelque pouvoir ? La malice, cette invisible sorcière, forge de nouveaux plans. Rien n'est perdu. Je reprends confiance. Il faut continuer. La folie est impérative, rigoureuse, bien plus qu'on ne peut le croire. Je revois Doris qui ne me dit rien non plus. Pour elle, c'est sûrement un jeu, un moment, qui va finir par passer. Son silence est inquiétant ! Confidentes et complices de toujours, avons-nous le droit de nous cacher quelque chose… oui mais comment peut-elle me dire… Il s'agit de Joël, de mon mari.

Nous sommes en plein jeu. Elle me ment pour voir Joël. Ils ont l'impression de me tromper. Ils le croient. Ils ignorent ce que je sais. Je fais semblant. Oui, nous sommes en plein jeu.

Je ne sais pas d'où me vient la force de vivre, de continuer la bataille. Est-ce mon amitié réelle pour Doris à qui je dois tant, est-ce mon amour démentiel pour Joël ? Est-ce le goût du risque, des jeux dangereux et voués à la catastrophe ?

Le vain combat du désespoir est bien le plus vaillant, je double chaque fois d'ingénuosité et d'habileté pour en sortir victorieusement. J'ai maintenant mon amie et mon mari contre moi, la famille puis les rumeurs publiques. Les jours se déroulent les uns après les autres. Je passe alternativement du silence à la révolte, tous deux, chez moi, expressions d'une grande douleur. Je ferme les yeux, n'est-ce pas là un des conseils que l'on donne aux jeunes filles avant le mariage ? Je me montre d'humeur égale et notre vie, notre aventure continue.

10

Nous sortons beaucoup à trois. Nous allons surtout au cinéma, mais ma pensée voyage bien au-delà des images... Par moments j'éprouve un excès de jalousie meurtrière que je maîtrise aussitôt. Tant de souvenirs m'unissent à Doris. Prisonnière de mon amitié pour elle et de mon amour pour Joël, je ne peux faire de mal ni à l'un ni à l'autre, ni même à moi. La mort, sous toutes ses formes, me semble toujours effroyable, parce qu'elle est à tout moment possible. Le courage consiste à continuer.

Aujourd'hui, je sais où ils sont. Je devine le reste.

Joël est d'ailleurs très gentil envers moi, Doris aussi. Tous les deux me couvrent de cadeaux, de bonté, par mauvaise conscience, pour compenser tout le mal qu'ils me font. Maintenant mon amie s'efface pour me laisser passer, me fait servir la première, observe rigoureusement envers moi toutes les règles d'ètiquette et de bienséance sur lesquelles, nous avions depuis toujours, l'habitude de passer. Tout ceci me fait mal. Je m'efforce de l'accepter, stoïquement. Je ne suis plus une vraie femme, je n'ai plus ni orgueil ni fierté. Je vais jusqu'a souhaiter que Joël ait une maîtresse, une que je ne connaisse pas, une fille rencontrée dans un boîte de nuit, qui puisse se cacher lorsqu'elle me rencontre au marché, au Printania ou dans la rue. Mais pas mon amie, surtout pas mon amie.

Cette nuit, Joël n'est pas rentré. Il faut maintenant en finir. Je prends le parti humiliant, refoulant mes larmes, de me rendre chez Doris. Il n'y est pas. Mon amie est habillée avec une simplicité de bon aloi qui me plaît toujours chez certains êtres. Elle a tout de suite compris. Elle me dit avec une désinvolture dont je ne la crois alors pas capable :

« Si tu veux faire une scène, un grand scandale, fais-le bien vite. »

« Non, je n'ai pas envie de faire un scandale. De toute manière, cela ne change rien à la situation présente. Je veux simplement une explication. Il s'agit de Joël, mon mari, tu comprends... »

« Et alors ? »

« Alors, tu brises mon ménage. »

« Non, ce n'est pas vrai, laisse-moi te dire, ton ménage est brisé depuis longtemps et c'est toi-même qui l'as fait.

Beaucoup de femmes sont comme toi, incapables de rendre un homme heureux. Et s'il en trouve une autre, vous poussez alors des cris... »

Les paroles de Doris me font réfléchir. Je suis donc responsable de tout cela, c'est ma faute, ma seule faute, si Joël n'est pas heureux avec moi.

« Il y a bien longtemps que ton ménage est cassé. Seulement, tu ne le crois pas... Il faut ouvrir les yeux, ça remonte à bien loin. Le désastre ne vient jamais brusquement. Il s'annonce par mille imperceptibles signes. Il faut être attentif, la vie, ce n'est pas un rêve. »

« Que penses-tu faire Doris ? »

« Rien, plus exactement pour toi, rien. Cela regarde Joël et moi maintenant. »

« Mais enfin, Joël est mon mari, tu es mon amie, comment peux-tu trahir ma confiance à ce point ? »

Je me lève furieuse pour me jeter sur elle. Doris prend un léger recul et se met à sourire d'une manière moqueuse et insultante. Dans ses yeux, je saisis l'ampleur du ridicule dans lequel je me trouve... Un scandale, la ville entière va le savoir. Cela peut nous coûter cher. Et puis Doris est un de ces êtres capables de briser tous ceux qui se mettent au travers de leur route. Zimba, alertée par le bruit, me tient par l'épaule pour me calmer et me pousser lentement vers la porte.

Ainsi, nous sommes en plein drame, en pleine tragédie depuis des lustres sans que je le réalise. L'entretien avec

Doris vient de me mettre face à mes responsabilités. C'est ma faute si Joël s'est détaché de moi. N'est-ce pas aussi de ma faute si mon mari est tombé amoureux de Doris ? Ces sorties à trois, ce partage systématique de notre intimité, ne l'ai-je pas voulu, un peu par faiblesse ? Je vise toujours très mal. Mon calcul vient de manquer. La balle se retourne contre moi. Je n'ai aucun sens des réalités, je viens maintenant de l'avoir d'une façon extrêmement brutale.

C'est dimanche. Je retrouve Joël à la maison. Il me propose de sortir avec Doris. Il me le dit d'une voix lasse, se plissant les lèvres en une grimace de dégoût, propre aux play-boys habitués à de très jolies femmes et toujours satisfaits sans effort. Je déteste ce type d'hommes. Je suis prête à le haïr à cet instant-là.

« Non, je ne veux pas sortir avec Doris. Nous sortirons tous les deux, si tu veux. »

« Pourquoi donc, Doris est ton amie, d'habitude le dimanche nous… »

« Oui, d'habitude. Maintenant ça cesse d'être ainsi. Nous sortons tous les deux si tu veux, pas avec elle. »

Joël n'a aucune envie de passer le dimanche seul avec moi. Les dimanches sont parfois si mortels. En plus, après une nuit avec Doris, comment un tête-à-tête avec sa femme peut-il encore lui offrir un attrait ?

« Je ne comprends pas. Tes réactions sont toujours irrationnelles. C'est bête une femme, c'est tellement bête ! »

« Oui, toutes les femmes sont bêtes, sauf celle du moment, sauf pour toi, Doris Danielly, n'est-ce pas ! Tu es son amant, je le sais et il y a longtemps que je le sais, alors je refuse de sortir maintenant avec elle. »

« Mais, s'il y a longtemps… pourquoi réagis-tu seulement maintenant ? C'est vrai que Doris et moi… Mais enfin ? »

Ces mots me donnent le coup de grâce. Joël ne proteste donc pas. Pour la première fois, il ne me fait aucun mensonge. Il ne se sent pas en faute. Ni gêne, ni honte sur son visage. Maintenant il me regarde droit dans les yeux, comme pour m'anéantir. Il lit alors une telle douleur dans mes yeux qu'il s'en va. Ses pas sont lugubres dans la pièce voisine.

« Maintenant, que vas-tu faire », dit-il revenant cigarette en main. « Flo, tu sais que je déteste le grand scandale. Alors, si tu veux… »

« Je ne veux rien. Je la tiens maintenant pour rivale et je te prie, toi, de ne plus me parler d'elle. Je lui ai demandé de ne plus venir ici, je suis allée ce matin chez elle. »

« Non, tu as fait ça ! Tu as osé faire ça… dit-il avec colère. »

Je sais que Joël n'est pas homme à reculer une fois sa décision prise. Tout est perdu. Notre situation est bientôt connue dans la ville. Joël est très souvent chez Doris. Ils sortent et font des voyages ensemble. Maintenant les scènes que je lui fais s'estompent. Impossible de savoir la vérité. Le partage est presque harmonieux. Il a envers Doris autant de délicatesse qu'envers moi. Doris l'aime, il l'épouse s'il divorce. Je suis résolument décidée à rester Madame Joël Paka. Dans mon malheur, je reste désespérément attachée à l'homme qui à un jour prononcé les belles paroles déterminant mon destin… Doris est tout aussi malheureuse. Joël lui fait de temps en temps la grâce de passer les nuits avec elle, mais il rentre toutes les nuits tard à la maison, où il mange, se prépare et où son linge est lavé, repassé, plié. Joël est tantôt heureux, tantôt tiraillé. Peut-être le polygame authentique est-il un homme comblé, heureux. Joël pas ! Du moins pas toujours ! Quelle tête fait-il lorsque décidé à sortir avec Doris, ou pour fêter son anniversaire, je m'arrange pour nous faire inviter à un dîner officiel ou chez des amis où, manifestement, il ne peut manquer.

Parfois, je fais du chantage pour l'arracher à Doris. Elle en fait autant. Nous sommes l'une et l'autre, assez ingénieuses pour trouver la meilleure situation, l'idée convaincante, le mot juste. Parfois, sans le vouloir, sans être complices, nous le faisons tourner comme une toupie. Il ne sait que faire de nous, un bien lourd fardeau ! Encore un peu et nous pourrions lui nuire, devenir exigeantes, le ruiner, le détruire ! L'idée même fait mal. Une vie de partage. Quelle bassesse. Personne n'a le meilleur, l'entier, le total, l'essentiel, mais des morceaux de liberté, des parcelles, les restes si vous voulez. Il faut être femme pour accepter cela. Les hommes sont plus fiers, forts, solides. Un homme, c'est si voisin d'un dieu. Maintenant, je vois Joël à peine. Doris plus du tout. Leur enfant, je ne le connais pas. Je sais que Joël l'a reconnu. Il porte son nom, mon nom. Dans la ville, on dit que Joël va entamer la procédure de divorce et épouser Doris. C'est si lourd les bruits de la ville lorsqu'on est seul.

Je suis une femme révoltée et vaincue.

11

C'est fini. Je lève les yeux. Un oiseau solitaire bat lentement des ailes en signe d'adieu. Les feuilles d'orangers, dans leur danse fragile sous la musique du vent glissant frais et léger des collines, laissent venir à moi quelques rayons égarés dans le voile du soir. Que c'est lourd et grave le son du tam-tam, le langage des cauris aux oreilles du pélerin. Des hommes et des femmes passent dans la brume, muets, indifférents, chacun perdu dans le rêve de son histoire. Je voudrais leur dire que j'ai été mal aimée. A quoi bon ? Laisseront-ils leur peine pour partager la mienne.

Je reste encore là, assise sur le vieux banc, la tête sur la paume de ma main, le coude sur le genou. Face à moi, le grand palmier vieux et fier rappelle que le destin des hommes est fragile. La radio annonce pour la troisième fois, la mort du poète sénégalais David Diop dans l'accident d'avion au large de Dakar.[8] Ma tristesse est grande mais ma tristesse n'intéresse jamais personne. La nuit est tombée. Par la porte entrouverte, j'entends des bruits de pas hésitants. Zimba, dans ses bras un enfant. Joël la suit. Le visage bouleversé. L'enfant m'observe de ses grands yeux, sérieux et digne.

Une dispute, c'est sûr, pensé-je. Doris, ma vieille complice, mon amie, vient de réaliser mon plan. Joël va souffrir. L'enfant me regarde toujours avec la même insistance, comme pour me reconnaître. Je me mets à lui trouver des ressemblances. En réalité, il ressemble à Joël, ce qui me ravit et me désole à la fois. Soudain je ne sais laquelle des deux personnes dit avant de disparaître : Doris Danielly était dans l'avion de Dakar, d'une voix que j'entends encore. C'est triste et lugubre la voix qui annonce la mort. Le regard de l'enfant devient maintenant insupportable. Je suis prise d'une panique extrême. Les larmes coulent de mes yeux. Je pleure mon amie, à chaque minute mon cœur se brise, tel un miroir. Je pleure encore, je pense aussi. On ne peut pleurer et penser à la fois. Devant la

---

[8]L'écrivain sénégalais David Diop mourut en 1960. Le manuscrit original en 1958 mentionna un accident d'avion, mais Kuoh-Moukoury décida d'ajouter la référence à Diop avant la publication en 1969. Cette décision fut motivée par son admiration pour le poète et son désir d'ajouter des éléments réels à son histoire.

mort, tout combat cesse. Comment ai-je pu haïr Doris ?
Les morts ont tellement tort d'être morts. C'est aussi ma
faute : cette dépression nerveuse que Doris a faite, oui, j'ai
refusé de divorcer, alors elle est tombée malade dans cette
folle ambiance que nous avions créée toutes les deux. Doris est rentrée en France pour se soigner. De là, elle a pris
l'avion pour Dakar où elle devait prendre une partie de ses
affaires laissées au Sénégal. C'est là, la réalité. Oh, ce mot
affreux, inventé par les hommes pour échapper au tra-
gique. Doris est morte. Je ne sais pour quelle raison
je m'en veux de lui avoir fait quelque fois un peu mal.
Maintenant j'en fais un drame personnel dont on ne peut
mesurer la profondeur. Ma douleur se fixe, démesuré-
ment amplifiée autour d'un affreux complexe de culpabil-
ité. L'enfant me regarde. A chaque instant, j'ai envie de me
mettre à genoux, frappée de stupeur, brisée d'angoisse. Je
m'allonge sur le divan, l'enfant y est assis, mais à l'autre
bout. Il se traîne jusqu'à moi, s'étend : nos visages se font
face. Sa main tapote, aveugle, mon visage à plusieurs endroits, s'arrête sur le foulard où sont cachés mes cheveux
nattés déja pour la nuit, le tire obstinément comme pour
me voir en face, démasquée, nue, telle que je suis ; puis
il me regarde, me considère, comme s'il comprenait.
Maintenant il a encore des rictus nerveux et indécis, ils
vont se figer en un sourire mélancolique et mystérieux.
Puis prenant appui sur ma joue, l'enfant se tient à moitié

debout et, tout en secouant lentement ma tête au niveau de ses genoux, comme un lourd jouet, se baisse, mordille mon oreille. Je sens la chaleur de son corps fragile le long de ma tempe. Son petit cœur bat tout contre moi. Dans ses veines, pas une goutte de mon sang, je le sais, mais ne me l'enlevez surtout pas. Il peut comprendre que j'ai besoin, moi aussi, de toute l'affection et de tout l'amour du monde. Il me reste encore un espoir.

Modern Language Association of America
Texts and Translations

Texts

1. Isabelle de Charrière. *Lettres de Mistriss Henley publiées par son amie*. Ed. Joan Hinde Stewart and Philip Stewart. 1993.
2. Françoise de Graffigny. *Lettres d'une Péruvienne*. Introd. Joan DeJean and Nancy K. Miller. 1993.
3. Claire de Duras. *Ourika*. Ed. Joan DeJean. Introd. Joan DeJean and Margaret Waller. 1994.
4. Eleonore Thon. *Adelheit von Rastenberg*. Ed. and introd. Karin A. Wurst. 1996.
5. Emilia Pardo Bazán. *"El encaje roto" y otros cuentos*. Ed. and introd. Joyce Tolliver. 1996.
6. Marie Riccoboni. *Histoire d'Ernestine*. Ed. Joan Hinde Stewart and Philip Stewart. 1998.
7. Dovid Bergelson. *Opgang*. Ed. and introd. Joseph Sherman. 1999.
8. Sofya Kovalevskaya. *Nigilistka*. Ed. and introd. Natasha Kolchevska. 2001.
9. Anna Banti. *La signorina e altri racconti*. Ed. and introd. Carol Lazzaro-Weis. 2001.
10. Thérèse Kuoh-Moukoury. *Rencontres essentielles*. Introd. Cheryl Toman. 2002.

Translations

1. Isabelle de Charrière. *Letters of Mistress Henley Published by Her Friend*. Trans. Philip Stewart and Jean Vaché. 1993.
2. Françoise de Graffigny. *Letters from a Peruvian Woman*. Trans. David Kornacker. 1993.
3. Claire de Duras. *Ourika*. Trans. John Fowles. 1994.
4. Eleonore Thon. *Adelheit von Rastenberg*. Trans. George F. Peters. 1996.
5. Emilia Pardo Bazán. *"Torn Lace" and Other Stories*. Trans. María Cristina Urruela. 1996.
6. Marie Riccoboni. *The Story of Ernestine*. Trans. Joan Hinde Stewart and Philip Stewart. 1998.
7. Dovid Bergelson. *Descent*. Trans. Joseph Sherman. 1999.
8. Sofya Kovalevskaya. *Nihilist Girl*. Trans. Natasha Kolchevska with Mary Zirin. 2001.
9. Anna Banti. *The Signorina and Other Stories*. Trans. Martha King and Carol Lazzaro-Weis. 2001.
10. Thérèse Kuoh-Moukoury. *Essential Encounters*. Trans. Cheryl Toman. 2002.